네가 속한 세계

네가 속한 세계

야스다 카나 지음 ― 고향옥 옮김

푸른숲주니어

차
례

노력은 배반하지 않는다

다른 건 몰라도 어릴 때부터 공부 하나는 잘했다.

나는 주위 애들이 하나같이 두 자릿수 뺄셈에서 좌절하거나 한자를 외우지 못해 쩔쩔매는 모습이 무척 신기했다. 왜 못하지? 순수하게 그런 의문을 품었다.

"와아, 가즈마는 진짜 똑똑해!"

"가즈마는 천잰가 봐!"

초등학교 저학년 때는 그런 칭찬에 의기양양해지곤 했다. 하지만 얼마 지나지 않아 내가 주변에서 겉돌고 있다는 사실을 깨달았다.

운동을 잘하거나, 웃기는 얘기를 잘하거나, 외모가 멋지다거

나. 그런 장점을 가진 애는 묻지도 따지지도 않고 무조건 선망의 대상이 된다. 그러나 나처럼 운동 신경은 꽝인 데다 하는 말마다 진지하고, 생긴 건 푹 삭은……, 공부만 잘하는 타입은 학교에서의 위치가 아주 어정쩡해지는 법이다.

전혀 사실이 아닌데도 '집에서 장난 아니게 공부시킨다던데.'라는 소문이 돌거나, 자기들이 부탁해서 숙제를 가르쳐 줬는데도 '잘난 척 쩔어.'라고 뒷담화를 하곤 했다. 게다가 '가즈마네 집은 부자'라는 근거 없는 소문까지 나돌았다.

"우리 집 부자 아냐!"

나는 그렇게 애써 변명해야 했다.

"그래, 우리 아빠 의사 맞아. 근데 의사가 다 부자란 생각은 큰 착각이라고. 대학 병원 의사 월급은 쥐꼬리만 하대. 직장인보다 조금 나은 수준이랄까. 우리 엄마는 맨날 여동생 발레 학원비 비싸다고 한숨을 쉬거든. 차도 기름값 싸게 먹히는 하이브리드고. 우리 집은 완전 평범하다니까!"

하필 그 무렵, 장염에 걸려서 학교에 며칠 동안 못 나간 적이 있었다.

"왜 학교에 안 왔어?"

우리 반 애가 묻기에 "복통이 나서."라고 대답했더니 "뭐?" 하면서 고개를 갸웃거렸다.

내가 몇 번이나 "복통! 복통!"이라고 말해도 그 애는 알아듣지 못했다. 왜 못 알아듣는지 의아하게 여기면서 "배가 아팠어."라고 말하자 그제야 곧장 알아들었다.

"뭐야, 그럼 배가 아팠다고 하면 되잖아!"

이렇게 쏘아붙이는 데 당황한 내가, "보통 배 아픈 걸 복통이라고 하는데……. 몰랐어?"라고 대답한 것이 애들의 반감을 사는 결정적인 계기가 되었던 듯하다.

나는 자연스레 학교 애들과 멀어졌고, 갖은 괴롭힘을 당하며 엄청 고통스럽게 지냈다. 당시 일은 떠올리는 것만으로도 끔찍하다.

융통성 없는 나 자신이 혐오스러워 말수도 점점 줄어들고, 숨 쉬는 것마저 조심스러웠던 4학년의 어느 초여름.

부모님이 그런 상황을 눈치챘다. 아버지는 학교에 격렬하게 항의했고, 내게는 "중학교는 사립으로 가라."고 몰아붙였다.

"주위의 수준에 굳이 맞출 필요 없어."

아버지의 말투는 늘 그렇게 단호했다.

"가즈마, 넌 네게 맞는 환경으로 가야 한다."

아버지 말이 옳다고 생각했다. 주위의 수준에 맞추지 않아도 된다는 말이 가슴에 꽂혔다. 그렇다. '복통'이란 말을 바로 알아듣는 세계로 가면 된다. 그런 세계에서라면 행복해질 수 있을 것 같았다.

이렇게 나는 사립 중학교에 들어가기 위해 입시 학원에 다니기 시작했다. 학원에서 배우는 공부는 재미있으면서도 힘들었다.

모의고사를 보면 몇 명 중의 몇 등인지를 당장 알 수 있었고, 동시에 편차치(표준 점수를 이르는 말로, 일본에서는 이 점수로 입학 가능한 학교를 가늠한다. 편차치가 60이면 대략 상위 16%에 속한다.―옮긴이)도 산출되었다. 내 편차치는 늘 60 이상이었지만 1지망인 소요중학교 편차치에는 10 정도가 부족했다. 소요 재단은 중·고 등학교가 통합적으로 운영되는 시스템으로, 하늘의 별을 따는 것만큼이나 들어가기 어려운 명문 남학교였다.

"포기하지 마라."

아버지가 말했다.

"의지력이 강해야 돼. 노력은 사람을 배반하지 않아."

초등학교 마지막 여름 방학에는 아침부터 밤까지 학원에 갇혀 공부만 했다. 그리고 집에 돌아와서도 이어지는 복습. 때때로 코피가 터지기도 했지만 화장지로 코를 틀어막고 공부를 멈추지 않았다.

편차치는 서서히 올라갔다.

"잘했다, 잘했어!"

지금 소요중학교 운동장에서 학원 선생님이 나를 얼싸안고 있다. 엄마는 너무나 기쁜 나머지 눈물을 흘리고, 잔뜩 흥분한 아버지는 합격자 발표 게시판 앞에서 곰처럼 서성대고 있다. 평소에는 건방지게 굴던 여동생이 "와아, 오빠 대단하다! 오빠 대단해!"라면서 팔짝팔짝 뛴다.

나는 안경을 고쳐 쓰며 합격자 게시판에 적힌 내 수험 번호를 거듭거듭 확인했다. 자랑스러움으로 가슴이 터질 것 같았다. 마구 소리치고 싶었다.

나는 이제 무력하게 괴롭힘당하던 예전의 내가 아니다. 꾸준히 노력하고 고난을 견뎌 크나큰 성공을 이 손에 거머쥔 것이다.

잘 가라, 재미없었던 나의 초등학교여.

나는 너희와 다른 세계로 간다.

이쓰키

열네 살의 봄

어릴 때부터 태풍이 몰아치는 날을 무척이나 좋아했다.

거센 비바람이 몰아칠 때면 일부러 집 밖으로 나갔다. 쌩쌩 휘몰아치는 바람에 우산이 뒤집혀 금방이라도 날아갈 것 같았다. 나도 모르게 꺄아꺄아 괴성을 질렀다.

"누가 내 딸 아니랄까 봐."

아빠는 그렇게 뿌듯해했다.

"아빠가 장담하는데, 이쓰키 넌 터프한 여자가 될 거야."

그 말을 들은 뒤로는 넘어져서 무릎이 까진 정도로는 절대 울지 않았다. 납량 특집 프로그램을 보고 나서도 한밤중에 아무렇지도 않게 오줌을 누러 갔고, 높은 데서 뛰어내리기 승부에서는 대적할 상대가 없을 정도로 강했다. 약한 애를 괴롭히는 남자애는 다 울려 줬다.

태풍이든 허리케인이든 다 덤벼!

하지만 초등학교 5학년 때, 초대형 태풍이 우리 집을 덮쳤다.

아빠가 죽었다.

오토바이로 산길을 달리다가 가드레일을 들이받고 벼랑 아래로 떨어졌다. 그대로 즉사한 것이다.

경찰 조사에 따르면 혈중 알코올 농도가 굉장히 높았다고 한다. 곤드레만드레 취한 상태로 오토바이를 몰았던 거다.

장례가 끝나자마자 기절초풍할 정도로 엄청난 빚이 드러났다.

당시 아빠는 상점가에서 카페 겸 스낵바를 운영했는데, 엄마는 늘 가게에 손님이 적다고 푸념했다. 아빠는 "어떻게든 되겠지."라고 얼버무렸지만, 엄마가 재차 걱정을 내비치면 욱해서 의자까지 던지며 사나워졌다.

"어떻게든 되겠지! 어떻게든 될 거라고!"

그렇게 큰소리쳐 놓고는 빚더미에 올라앉아 있었다니, 참 어이가 없었다. 더욱이 기가 막힌 건 아빠가 죽은 지 두 달 후에 엄마 배 속에 아기가 자라고 있다는 사실을 알게 됐다는 거다.

우리 집은 갑자기 생활이 쪼들렸다.

워낙에 붙임성 없는 성격 탓에 가게 일도 변변히 거들지 못하던 엄마. 바가지를 긁으면서도 오롯이 아빠한테 의지하고 살았던 엄마.

친척들에게 사정도 해 봤지만 아무도 도와주지 않았다.

아빠는 할아버지 할머니와 사이가 좋지 않았던 탓에 젊을 때 집을 뛰쳐나왔다. 외가는 멀리 있는 데다 가난했다. 게다가 외할 아버지와 외할머니가 번갈아 가며 병치레를 하는 바람에 도리어 도와 달라며 손을 벌리는 상황이었다.

외돌토리가 된 엄마는 그 후로 늘 몸이 좋지 않았다.

까닭 없이 맥박이 빨라지고 호흡이 곤란한 상태에 빠지곤 했다. 어느 날, 구급차로 병원에 실려 가서 '공황 장애'라는 진단을 받았다. 마음의 병이라고 했다.

"엄마는 지금 마음이 지칠 대로 지친 상태야. 그래서 이렇게 발작이 일어나는 거지. 거기다 배 속에 아기가 있어서 신장 기능 도 썩 좋지 않은 거 같고……."

그렇게 설명해 준 건 키가 크고 눈매가 야무진 간호사였다.

"우리 엄마, 죽어요?"

"아냐, 죽긴 왜 죽어? 앞으로 병원에서 치료 잘하면 좋아져. 근데……, 건강 보험료가 연체된 것 같네. 너, 요즘 밥은 제대로 먹고 있니?"

나는 고개를 가로저었다. 아빠가 죽은 뒤로 엄마는 밥을 하지 않았다. 빵과 바나나로 끼니를 때울 수밖에 없었다.

간호사가 내 등을 쓰다듬어 주었다. 까닭 없이 눈물이 났다.

우리는 '기초 생활 수급비'라는 걸 받게 되었다.

몸이 아프거나 어떤 사정으로 일을 하지 못해 수입이 없는 상황, 그래서 그대로 두면 생계를 꾸려 갈 수 없을 정도로 위태로운 수준의 심각한 빈곤에 처해졌을 때……. 나라가 돈을 주어 살아갈 수 있게 도와주는 모양이다.

엄마는 일을 하지 않는데도 매달 꼬박꼬박 돈을 받을 수 있게 됐다. 산부인과 검진비와 심장 내과 치료비도 전부 무료였다. 아기 이불이며 기저귀며 갖가지 출산 용품을 마련할 돈도 받았다.

이윽고 무사히 아기가 태어났다. 내 여동생 나쓰키다.

엄마 배 속에 있을 땐, '이런 상황에서 웬 아기야?'라고 한심하게 생각했지만 막상 태어나니 동생이 무지 귀여웠다.

나와 나쓰키와 엄마. 누가 봐도 보통의 가정처럼 보였다. 먹고 입는 데 사치 부릴 정도는 아니어도 그럭저럭 살 수 있었다.

봄이 되면 나는 중학생이 된다. 교복이나 학용품 같은 걸 마련할 돈은 어떡하냐고 걱정했더니, 그 돈도 다 받을 수 있다고 엄마가 말했다.

기초 생활 수급비, 고마워.

'세상은 어떻게든 되는구나.' 그런 생각을 하다가, 문득 "어떻게든 되겠지."라던 아빠의 입버릇이 떠올랐다.

이렇게 어떻게든 되는데……. 죽을 것까진 없었잖아, 아빠.

가즈마

선택받은 아이

종례가 끝남과 동시에 교실이 소란스러워졌다.

동아리 활동을 하러 가는 애들, 서로 쿡쿡 찔러 대며 장난치는 애들, 주말에 놀자고 약속하는 애들.

그 속에서 나는 고개를 수그리고 가방을 챙겼다. 빨리 집에 들렀다가 학원에 가야 했다.

3학년이 시작되면서 이 공립 중학교로 전학을 왔다.

오늘로 6일째지만 몸도 마음도 전혀 적응하지 못하고 있었다. 교실에서 여자애들의 꺄아꺄아 째지는 듯한 괴성을 듣는 것은 2년 만이고, 스탠딩 칼라 교복은 난생처음 입어 보았다.

왜 이런 딱딱한 칼라로 목을 압박하는 걸까. 교복만이라도 블

레이저 타입이었으면 그나마 좀 견딜 만할 텐데. 괜스레 원망스런 마음이 들었다. 지난번 학교는 교복이 없었다. 복장은 전부 자유였다. 교칙조차 거의 없었다.

그걸 떠올리자마자 그리움에 가슴이 뻐근히 아파 왔다.

나에게는 그 자유를 누릴 만한 재능이 없었다.

드넓은 바다에 물고기가 자유로이 헤엄치고
탁 트인 하늘에 새들이 맘껏 날아다니네.

소요중학교 입구에는 이름난 서예가가 썼다는 이 글귀가 액자에 걸려 있었다. 입학식 때 그것이 곧 학교의 교육 방침이며, 모든 걸 학생의 자율성에 맡기고 너그럽게 지켜본다는 의미라고 교장 선생님한테 들었다.

능력이 있으니 이렇듯 신뢰도 받는 거다. 자랑스러움에 가슴이 후욱 부풀어 올랐던 기억이 생생하다.

그러나 그 자랑스러움은 서서히, 서서히 다른 감정으로 바뀌어 갔다.

열등감이었다.

나는 동급생들의 재능에 압도당하고 말았다. 나와 그들의 격차에 절망했다. 최고의 명문 중학교 학생이라면 악바리처럼 공부만 파고드는 이미지를 상상할 테지만 실제로는 전혀 달랐다.

정말로 머리 좋은 애들은 굉장히 자유롭고 친진난만했다.

좋아하는 운동을 즐기며 구김살 없이 땀 흘리는 애들, 철도와 바둑, 컴퓨터 프로그래밍 같은 취미에 덕후처럼 푹 빠져드는 애들, 댄스 동아리와 밴드 활동으로 주변 학교 여학생들에게 인기 만점인 애들, 또 취미로 학문을 즐기는 동시에 수학 올림피아드와 화학 올림피아드에서 금상이나 은상을 받는 애들.

그렇게 자유롭게 청소년 시절을 만끽하면서도 막상 시험을 보면 비상한 집중력을 발휘해 별 어려움 없이 고득점을 취득했다.

시키는 대로 착실하게 공부하며 자신을 쥐어짜는 노력 끝에 간신히 합격한 나는 그야말로 평범함 그 자체였다. 초등학교 시절에는 머리 좋다는 말을 숱하게 들었지만, 소요중학교에서는 아무리 발버둥을 쳐도 밑바닥이었다.

"가즈마, 어떡할래?"

수학 담당인 담임 선생님이 나를 불러 놓고 반쯤 웃는 얼굴로 그렇게 물은 건 중2 겨울이었다.

"혹시 내가 하는 수업이 외계어로 들리진 않니? 수업을 들어도 못 알아듣겠지?"

정곡을 찔리자 절로 고개가 꺾였다.

원래 수학에는 약했기 때문에 중학교에 가서 더욱 노력하자고 마음먹은 터였다.

그러나 내가 30분 넘게 붙잡고 끙끙거리는 문제를 3분 만에 풀어 버리는 애들. 수업은 그 애들의 수준에 맞춰 기초를 전부 건너뛴 채 진행됐다. 나는 순식간에 한 바퀴 이상 뒤처진 달리기 주자가 돼 있었다.

"영어도 위태위태한데……?"

애초부터 낙오 상태였던 수학과 과학 공부에 시간을 많이 들이다 보니 영어는 자연스레 소홀해질 수밖에 없었다. 동급생 중에는 이미 초등학교 때 영어 기초를 다졌거나 외국에서 살다가 온 애가 꽤 많았다.

영어·수학·과학 모두 최하위권. 수업은 도무지 따라갈 수 없었고, 공부할 의욕마저 잃어 갔다. 시험을 앞두고 있을 때면 식욕마저 잃은 채 밤잠을 이루지 못하는 통에 정작 시험 시간에는 머릿속에 안개가 자욱이 낀 것 같았다. 어쩌면 나는 그때 정신적으로 병들어 가고 있었는지도 모르겠다.

"오늘 널 부른 건, 더 늦기 전에 앞으로 어떡하면 좋을지 이야기 좀 해 보려고."

부드러운 어조였지만 핵심을 찌르는 뼈아픈 말이었다.

이 학교는 중학교와 고등학교가 통합 시스템으로 운영되었다. 에스컬레이터를 타듯이, 소요중학교에서 소요고등학교로 진학했다. 그렇다고 중학교 입학 때의 학생 수와 고등학교 진학 때의 학생 수가 반드시 일치하는 건 아니었다. 해마다 조금씩 줄어들었다. 자퇴하는 애들이 생기기 때문이었다.

"우리 학교는 3학년이 되면 진도가 더 빨라져. 지금 상태로는 무슨 소리를 하는지 전혀 못 알아들을 거다. 그렇게 되면 수업 시간이 몹시 고통스럽겠지."

맞는 말이었다. 지금도 충분히 고통스러우니까.

"네게 제시할 선택지는 두 가지다. 하나는, 기초부터 가르치는 학교로 전학하는 것. 지금이라면 고등학교 입시 때까지 학습 속도를 회복할 수 있을 거다. 또 하나는 끝까지 이 학교에서 버티는 것. 단, 여기엔 위험이 따르지. 지금 이대로는 앞으로 유급할 가능성이 높다고 봐야 하는데, 경험으로 보면 정신적 고통으로 학교에 나오지 않는 아이들도 많았거든……. 그런 부분까지 염두에 두고 앞으로 네 진로를 고민해 봐. 선택은 네 몫이다. 네가 알아서 해."

결국 나는 선택하지 못했다. 어떻게 해야 할지 알 수 없었다.

나를 대신해서 선택한 사람은 역시나 아버지였다. 아버지는 심기가 몹시 불편해 보였다.

"소요중학교는 일단 그만둬."

평소처럼 단호한 말투로 딱 잘라 나에게 지시를 내렸다.

"그리고 집에서 가까운 공립으로 전학해."

"예?"

나는 이렇게 되물었고, 절레절레 고개를 저었다.

그것만은 참을 수 없었다. 초등학교 때 겪은 쓰라린 기억이 되살아났다.

머리 좋다는 이유로, 부자라는 이유로 부당하게 괴롭힘을 당해야 했다. 학교는 가시방석이었고, 내가 있을 곳이 아니라는 생각이 점점 굳어졌다.

그런데 거기로 다시 돌아가라고? 집 근처 공립 중학교 학생들 태반이 내가 다닌 초등학교에서 간 애들일 텐데. 다들 내가 소요 중학교에 들어간 걸 알고 있었다.

가즈마는 엘리트다, 선택받은 애다, 수준이 신급이다……. 그런 식으로 나를 얼마나 띄워 줬던가. 그런데 창피하게 낙오자가 되어 나타나면 그 애들이 뭐라고 할까.

"가즈마, 넌 더 강해지지 않으면 안 돼."

내 얼굴에서는 핏기가 싹 가셨지만, 아버지는 거기에 더 끔찍한 말을 얹었다.

"공립 중학교에 다니면서 다시 고등학교 입시를 준비해. 다른 사립 중에도 괜찮은 고등학교가 있으니까. 또 공립 중에도 대학 진학 실적이 좋은 최상위권 학교가 있을 거 아냐? 소요도 고등부 몇 명쯤은 모집할 테고. 차라리 소요고등학교에 합격해서 보란 듯이 선생한테 복수해 주는 건 어떻겠냐? 죽기 살기로 노력하면 불가능할 것도 없어."

대체 아버지는 무슨 말을 하는 건가. 그게 가능한 일인가. 소요고등학교의 입시 난이도는 중학교보다 훨씬 더 높다고 들었다. 중학교에서도 낙오된 내가 다시 시험을 봐서 들어갈 수 있을 리가 만무했다.

다행히 그때 엄마가 아버지와 나 사이에 끼어들었다.

"부탁이에요. 제발 집 근처 공립만은 보내지 마요. 당신도 알잖 아요? 거기 애들 다 가즈마가 소요중학교에 간 걸 안다고요. 만약 또 놀림거리가 돼서 정신적으로 힘들어지기라도 하면……."

"참 안이하긴. 그래서 이 꼴이 난 거 아냐!"

아버지가 엄마를 노려보았다.

"세상에 힘들지 않은 사람이 어딨어? 그걸 극복하지 못해서 어 쩌게? 초등학생도 아니고 이제 중학생이라고. 일부러라도 어려 운 환경에서 다시 자신을 단련하는 게 좋아."

"하, 하지만 가즈마는 당신하고 달라서 소심한 구석이 있는 아 인데……. 그럼, 차라리 다른 학군에 있는 공립 중학교에서 재출 발하는 건 어때요? 자유 선택제라 우리가 원하면 집에서 먼 공립 에도 갈 수 있는데……."

"글쎄, 그런 생각이 안이하단 거……."

"만약 가즈마가 당신 말대로 했다가 지금보다 더 힘들어지기 라도 하면……."

평소 아버지 앞에서는 조심성이 많은 엄마였지만, 그때는 온 몸의 털을 바짝 세운 고양이 같았다.

"죽을 때까지 당신 원망하겠어."

결국 나는 아는 사람이 아무도 없는 이 중학교로 전학을 왔다. 엄마에게는 진심으로 감사하고 있다.

집에 가려고 막 자리에서 일어났을 때, 등 뒤에서 새콤달콤한 목소리가 나더니 누군가 내 어깨를 쿡쿡 찔렀다.

"저기 말야."

후욱, 좋은 냄새가 났다.

뒷자리에 앉은 에마였다. 성은 아마 시로타일 거다. 시로타 에마. 뺨이 화끈 달아올랐다.

지난달까지 남학교에 다녔던 터라 여자애가 있다는 사실만으로도 잔뜩 긴장이 되었다. 그런 데다 이 에마란 여자애는 도톰한 분홍빛 입술에 머리칼에는 찰랑찰랑 윤기가 흘렀고, 치마 길이도 짧은 편이었다.

애니메이션에 나오는 소녀 같은 목소리에 괜히 가슴이 두근두근했다.

"있지이―."

에마가 고개를 갸웃하면서 내 얼굴을 들여다봤다.

"가즈마 넌 집안 사정으로 이사 왔댔지? 왜 하필 우리 학교를 선택한 거야?"

순간 관자놀이께의 혈관이 불끈 솟아오르는 느낌이었다.

"일부러 전철까지 타고 여기 다니는 거잖아. 왜애―?"

"그러게. 집 근처에도 학교 있지 않아?"

옆에 있던 남자애들 몇 명도 내 대답을 기다렸다는 듯 끼어들었다.

"그, 그, 그, 그게."

평정심을 유지하려고 애썼지만 끝내 버벅거리고 말았다. 다행히 미리 짜 둔 스토리를 바로 풀어냈다.

"그게, 우리 아버지 고향이 이 동네라서 옛날에 이 중학교를 다녔거든. 모교라고, 좀 멀어도 다니라고 해서……."

"아아, 그랬구나. 그럼, 전엔 어떤 학교 다녔댔지?"

"……시즈오카……."

이렇게 대답한 건 아버지가 옛날에 그 근처 병원에 근무할 때 나도 살았던 적이 있기 때문이었다. 다만, 두 살 때쯤이라 거의 기억이 나지는 않았지만.

"뭐어? 그랬어? 에마 할머니도 시즈오카에 사시는데, 스루가 구. 어머, 웬일이야! 그럼, 가즈마 넌 어디 살았어?"

머릿속이 후욱 달아올랐다. 입을 꾹 다물어 버렸다. 이야기가 이렇게 흘러갈 줄은 몰랐다. 시즈오카 시내의 지명을 열심히 떠올려 봤지만 초조해서 그런지 하나도 생각나지 않았다. 불심검문을 받는 거동 수상자 같은 얼굴을 하고 있다는 게 스스로도 느껴졌다.

어쩌지? 아, 어떡해…….

"아아—."

그때 나직한 알토 목소리가 교실 한구석에서 울렸다.

"자기 입으로 자기더러 에마래. 에마 할머니라니─."

그러면서 에마를 성대 모사하는 것이었다.

"뭐래니!"

에마는 눈을 부릅뜨면서 딴사람인가 싶을 정도로 험악한 표정을 지었다.

"나를 뭐라고 부르든 내 맘이지! 난 그냥 전학생한테 친절을 베푼 것뿐이라고. 가즈마한테 아직 친구가 없는 것 같아서."

"아, 그래서? 어이구, 참! 천사 났네, 천사 났어."

가방을 들고 자리에서 일어난 건 짧은 커트 머리 여자애였다. 이쓰키란 애였다. 치켜 올라간 듯한 또렷한 눈썹. 에마와는 대조적으로 보이시한 인상에 말투도 시선도 거칠었다. 그 애는 사람을 무시하는 듯이 엷은 미소를 띤 채 일부러 어깨를 부딪치면서 나와 에마 사이를 뚫고 문 쪽으로 걸어갔다.

"잠깐……, 이쓰키! 가려고? 오늘 너, 청소 당번인데?"

"네가 알아서 해."

이쓰키는 그대로 걸어가면서 뒤를 향해 손을 팔락팔락 흔들고는 금세 사라졌다.

"아이 씨, 몰라!"

에마는 입을 오리 주둥이처럼 뾰족 내밀고 미워 죽겠다는 얼굴을 했다.

"쟨 맨날 저렇게 못되게 굴더라."

"그러게 말야, 아무리 집안 형편이 그래도 그렇지."

다른 여자애들이 이쓰키를 헐뜯기 시작하면서 내 문제는 금방 잊혀졌다.

'다행이다…….'

일단 위기를 모면한 나는 도망치듯 전철역으로 갔다. 여기서 전철을 타고 10분만 가면 우리 아파트와 가까운 역에 도착한다. 집에 가서 옷을 갈아입고 곧바로 학원에 가야 한다. 고등학교 입시에서 반격하라는 것이 아버지가 내게 내린 지상 명령이었다.

고등학교 입시 따위 치르지 않아도 됐는데, 다시 중학교 입시 공부할 때처럼 성적의 등락에 따라 일희일비하게 될 거다. 학원은 하나같이 최고 수준의 명문고를 노리는 애들뿐이어서 타인의 프라이버시 따위엔 아무런 흥미를 보이지 않는다는 것이 그나마 위안이었다.

하지만 학교에서는 그렇지 않겠지…….

조금 전, 에마와의 대화를 떠올리자 마음속에 검은 구름이 몽글몽글 피어오르는 기분이었다.

집에서 멀리 떨어진 학교라면 아무도 내가 낙오자 신세로 전학 왔다는 사실을 모를 거고, 그럼 마음 편히 지낼 수 있을 줄 알았다. 하지만 이대로 가면 조만간 내 과거가 들통나 버리지 않을까.

당장 시즈오카 시내의 지리를 조사해 둬야겠다. 그러나 가공의 과거를 완벽하게 만들어 낸다는 것은 완전 범죄를 도모하는 것만큼이나 어려운 일이었다. 어쩌다 완벽한 과거를 만들어 낸다 해도 내 과거를 아는 인물이 이 학교에 단 한 명이라도 있다면 그땐 어쩔 건가.

이를테면, 초등학교 때 같은 입시 학원에 다녔던 애가 이 학교에 있을 가능성은? 아니다, 그 학원에 다녔던 애들은 전부 다른 사립 중학교에 합격했을 것이다. 그러나 그중 단 한 명이라도 나처럼 전학 왔을 가능성은?

아이 씨, 망할!

더는 생각하고 싶지 않았다. 어쨌든 지금은 학원에 가는 게 급선무였다.

아파트에 도착하자 하필 엘리베이터가 점검 중이었다. 4층까지 계단으로 뛰어 올라갔다.

헉헉거리면서 집에 들어가 보니 엄마는 외출하고 없었다. 오늘은 엄마가 동생을 발레 교실과 영어 학원에 데려다주는 날이었다. 동생이 나처럼 중학교에서 영어 때문에 발목 잡히는 일이 없도록 하려는 배려일까.

또 심사가 뒤틀리려고 했다. 얼른 옷 갈아입고 텔레비전을 켰다. 머리를 휘휘 가로저으면서 냉장고 문을 열었다. 문 안쪽에 보리차가 든 유리 주전자가 있었다.

올해는 냉보리차를 빨리 만들어 두었네.

목이 몹시 말랐다. 나는 큼직한 컵에 보리차를 따라 텔레비전 화면에 시선을 고정한 채로 벌컥벌컥 단숨에 들이켰다. 입에서 컵을 떼자마자 불이 붙은 듯 식도가 뜨거워졌다. 난생처음 느끼는 자극이 목에서 위장 쪽으로 스며들어 갔다.

뭐야, 이게? 보리차가 아니잖아!

유리 주전자를 허둥지둥 다시 보았다. 옆에 '매실주'라고 적힌 라벨이 붙어 있었다.

'할머니가 매실주를 담가 와서…….'

그제야 어제 엄마가 했던 말이 떠올랐다.

얼굴이 훅훅 달아올랐다. 발밑이 둥둥 뜨는 것 같기도 했다.

내가 술을 마셨다. 아직 미성년자인데…….

엄청 골치 아픈 일이 벌어질 것 같은 예감이 들었다. 아버지는 술을 마시지만 엄마는 체질상 아예 입에 대지도 못했다. 만일 내가 엄마를 닮았다면 이제부터 내 몸에 어떤 변화가 일어날까.

겁이 나서 꼼짝도 못 하고 있었다. 그런데 시간이 갈수록 자꾸만 기분이 좋아졌다.

학원은 어쩌지? 가지 말까? 그런데 뭐라고 이유를 대지?

"술에 취했어요."

그거 굉장한 결석 사유인데? 우스워서 낄낄 웃음이 났다.

엄마와 의논해 보려고 휴대폰으로 연락했지만 받지 않았다.

엄마는 전화를 받지 않을 때가 많았다. 정신을 어디에 팔고 사는 거야!

물을 한 잔 마셔 봤다. 왠지 속이 좀 풀리는 느낌이었다.

'좋—아!'

속으로 외쳤다.

"가즈아, 학원에 가즈아. 저언혀 문제없어. 이 정도쯤이야 뭐!"

가방을 등에 메고 아파트를 나왔다. 발걸음도 씩씩하게 역으로 가서 학원 쪽으로 가는 전철을 탔다. 하지만 알고 보니 역방향 전철이었다. 그걸 알아차린 건 삐 소리와 함께 자동 개찰구를 막 빠져나왔을 때였다.

"어라……, 잘못 탔나 보네."

에라 모르겠다, 될 대로 되라지. 그런 기분으로 비틀비틀 역 밖으로 나갔다. 걸으면 걸을수록 기분이 좋아졌다.

"나는 고양이로소이다!"

그렇게 중얼거린 이유는 전에 읽었던 책 제목이 불쑥 떠올랐기 때문이다.

나쓰메 소세키(일본 근대 문학을 대표하는 작가.—옮긴이)가 쓴 유명한 소설 제목이다. 마지막에 주인공 고양이가 실수로 주인이 먹다 남긴 맥주를 먹는다. 그리고 취해서……, 부엌에 둔 물독에 빠진다.

"아, 뭐야……? 불길한데."

나도 취하긴 했지만 물독에 빠질 일은 없다. 조심히 걸어야지.

비틀비틀 걸으며 생각했다. 그 뒤로 고양이는 어떻게 됐더라. 아, 그래. 물독에서 빠져나오려고 발버둥을 쳤지. 발톱으로 항아리 안을 허무하게 긁어 대다가 끝내 익사하고 만다.

"역시……, 불, 길, 해!"

고양이가 익사하는 장면을 상상하자 덜컥 겁이 났다. 부웅 떠 있던 기분이 슈우우욱 쪼그라들면서 울고 싶어졌다.

어떡하지, 나 어떡해? 나도 고양이처럼 죽으면 어떡하냐고.

생각해 보니 열여섯 내 인생은 특별히 좋은 일도 없었던 것 같다. 그동안 나쁜 짓 하나 하지 않고 그저 성실하게만 살아왔는데…….

초등학교 때는 아이들 사이에서 겉돌았고, 겨우 나와 맞는 중학교에 들어갔지만 공부를 따라가지 못해서 담임 선생님의 권유로 공립 중학교로 전학 왔다. 소요중학교에서 쫓겨난 사실이 알려지면 이 학교에서도 여러모로 골치 아픈 일이 생길 게 뻔했다.

동정심에서든 아니면 호기심에서든, 희귀 동물을 보는 듯한 시선이 쏟아질 게 분명했다. 만약 내 성격이 유들유들하다면 별일 아닌 듯이 받아넘길 수도 있을 테지만, 나는 융통성 없고 세상살이에 서툰 건 둘째가라면 서운한 쪽이다. 도저히 잘 살아갈 자신이 없다.

예전이나 지금이나 나에게는 마음 편히 있을 곳이 한 군데도 없다.

"안식처가 필요해—. 안식처, 안식처는 대체 어디에 있는 거야."

행인들은 그렇게 중얼중얼하면서 걷는 나를 섬뜩하다는 듯이 바라봤다. 육교 계단을 비틀비틀 올라가자 눈 아래로 널따랗게 펼쳐진 국도가 보였다.

많은 차들이 꼬리에 꼬리를 물고 달렸다.

강 같다.

육교의 난간 아래로 몸을 반쯤 내밀고 아래를 내려다보면서 생각했다. 만약 떨어질 거면 물독이 아니라 강이 좋겠다. 강물에 풍덩 떨어져 누운 채로 하늘을 보면서 둥둥 떠내려가는 거야. 그거 기분 좋겠는데?

하늘이 예쁘겠지?

새파란 하늘에 떠 있는 하얀 구름은 솜사탕 같을 거고.

나뭇잎 사이로 쏟아지는 햇살이 반짝반짝 얼굴에 내려앉고, 귓가에는 찰랑찰랑 물소리가 울릴 거야.

해파리처럼 하느작하느작 팔다리를 내저을 뿐, 아무런 생각도 하지 않고 어디에도 힘을 줄 필요가 없을 거다.

어차피 마음 편히 있을 안식처도 없는데 그렇게 하염없이, 하염없이 강물 위를 떠내려가면 좋겠다.

"좋—아."

발끝으로 서서 난간을 가슴으로 끌어안듯 하고 육교 아래로 몸을 내밀었다.

"떠내려갈 테다—."

그때 별안간 강한 힘에 이끌린 채 나는 그만 콘크리트 바닥에 쿵 하고 굴러떨어졌다.

"무슨 짓이야! 이 또라이!"

딱 소리가 날 정도로 이마를 세게 얻어맞았다. 얼마나 아프던지 비명이 절로 터져 나왔다.

짧은 커트 머리 여자애가 험악한 눈으로 나를 내려다보고 있었다.

얘는……, 우리 반…… 이쓰……키……?

기초 생활 수급자

죽을 작정이었어?

육교 밑으로 몸을 내밀고 있는 젊은 남자를 보고 반사적으로 윗옷을 잡아당겼다. 남자는 의외로 맥없이 끌려 내려와 육교 바닥에 벌러덩 나뒹굴었다.

"무슨 짓이야! 이 또라이!"

나도 모르게 냅다 한 대 올려붙인 건 남자의 얼굴이 아빠로 보여서였다.

살아 있는 사람에게 모든 걸 떠넘기고 자기 혼자 저세상으로 가 버린 아빠. 본인이야 좋겠지, 편할 테니까.

하지만 말야, 살아남은 사람은 진짜 죽을 맛이라고!

나에게 얻어맞은 남자는 연못의 오리처럼 "꾸왁!" 하고 비명을 내질렀다. 안경이 틀어진 얼굴이 진짜 한심해 보였다. 근데, 아빠……는 아닌데, 어디선가 본 듯한 얼굴이었다.

전학생? 그렇다. 새 학기에 우리 반으로 전학 온 애였다. 오늘 하교 직전에 에마가 말을 붙여서 함께 이야기를 나눴던 애다. 이름이 뭐였더라? 생각나지 않았다.

"너, 이름이 뭐냐?"라고 물었더니, 녀석은 "가즘마임다."라고 대답했다.

가즈마? 그건 그렇고, 얼굴이 새빨갛잖아. 혀도 꼬였고.

"설마, 술 마신 거냐?"

"헤이."

"중학생이?"

"모으고 마셨슴다. 보리차를 마셨는데 매실주였슴다."

"아이고, 이 또라이."

가즈마는 육교 위에 드러누운 채 낄낄 웃고 있었다. 중3이라고 하기엔 푹 삭아 보이는 얼굴이……, 영락없이 회식을 마치고 귀가하는 직장인 같았다.

"야, 좀 묻자. 너, 지금 여기서 떨어질 작정이었냐?"

가즈마는 초점 없는 눈으로 고개를 갸웃거렸다. 에이, 아닌가?

"너 알아서 집에 가!"

하도 어이가 없어서 거기에 내버려 두고 오려다 깜짝 놀라 멈쳐 섰다.

가즈마의 눈에서 눈물이 주르륵 흘러 옆으로 떨어졌다.

울어? 에잇, 귀찮아. 혹시 자살 시도했던 건지도 모르잖아.

자꾸만 아빠의 마지막 모습과 겹쳐졌다. 아, 진짜 골치 아픈 일에 휘말리고 말았다. 지금 나쓰키를 데리러 어린이집에 가야 하는데.

하지만 만일 얘가 투신자살이라도 하면 나중에 엄청 찜찜할 거다. 할 수 없다. 일단 거기로 데려가서 술 깰 때까지 있게 하자.

"자, 자, 일어나!"

내가 팔을 잡아당기자 가즈마는 난간을 붙잡고 휘청휘청 간신히 일어났다.

"걸을 수 있겠냐?"

"헤이."

"이리 와. 좀만 가면 쉴 데가 있어."

"쉴 데가, 어딥니까아? 설마 수상한 데는 아니져어?"

"아우, 이게! 여기서 확 떨어뜨려 버릴까 보다."

"그러지 마여어."

휘청거리는 가즈마를 이따금 부축해 가면서 육교를 내려갔다. 잡다한 건물들이 너저분하게 늘어서 있었다.

골목에 들어서면 왼쪽에 편의점이 있고, 그 오른쪽 모퉁이에 자그마한 2층 건물이 보인다. 그 오래된 집의 1층을 개축하여 카페로 쓰고 있다.

입구에 어수선하게 늘어선 화분. 연갈색 벽.

비를 막아 주는 새빨간 플라스틱 지붕이 촌스런 분위기를 풀풀 내뿜는다.

카페 안식처.

입구에 서툰 손글씨로 쓴 나무 간판이 서 있다.

"야, 다 왔어. 일단 여기서 물이라도 마시고 정신 좀 차려."

"어딥니까아, 여긴."

"아는 사람이 하는 가게야. 참, 야한 데는 아니니까 걱정 마."

가즈마는 또 낄낄 웃고는 입간판을 보더니 먹잇감을 발견한 개처럼 눈을 번쩍였다. 더욱이 혀까지 조금 내밀고 있었다.

"······안식처다."

"왜 그래?"

"내가 찾던 거다!"

제기랄, 주정뱅이가 내뱉는 말은 도무지 알아먹을 수가 있어야지. 내가 왜 이런 애를 챙기는 거지. 비용이라도 청구할까? 가뜩이나 시간도 돈도 없는데.

짜증이 나서 카페 문을 열고 내던지듯이 가즈마를 안으로 밀어 넣었다.

"어서 오세······. 뭐야, 이쓰키냐? 그 녀석은 또 누구야?"

주인아저씨가 우리를 보고 다른 손님들에게 방해되지 않도록 작은 소리로 물었다. 초라한 카페지만 신기하게도 찾는 단골이 꽤 있었다.

주인아저씨의 몇 올 남지 않은 머리카락이 정수리에서 이마로 길게 늘어졌다. 차라리 민머리면 그나마 좀 봐줄 만할 텐데.

"같은 반 애예요. 여기서 잠깐 쉬게 해 주세요. 취했어요."

"취하다니……. 같은 반이면 중학생이잖아? 참 내, 머리에 피도 안 마른 녀석이 하는 짓거리 하곤."

"그게 아니고요. 보리차인 줄 알고 마신 게 매실주였대요."

"어, 그러기 십상이지. 아, 진짜네. 아주 고주망태가 됐구먼. 이봐, 학생! 괜찮나? 어서 2층으로 올라가, 어서. 좀 이따 물 갖고 올라가마."

가즈마의 신발을 벗긴 뒤 내 신발과 함께 계단 옆 선반에 집어넣었다. 그러고는 가파른 계단을 낑낑거리며 올라가 가즈마를 2층 위로 밀어 올렸다.

2층은 독신인 주인아저씨의 생활 공간이다. 계단을 올라가면 정면에 일식 방이, 그 왼쪽으로는 양식 방이 있다.

일식 방 미닫이문을 드르륵 열었다.

약 네 평 크기의 다다미(짚으로 만든 판에 왕골이나 부들로 만든 돗자리를 붙인 바닥재.—옮긴이)방이다. 얼룩투성이 천장에 매달린 네모난 조명 기구에 끈이 달려 있다. 붙박이장과 입구의 미닫이문은 누렇게 변색된 데다 군데군데 구멍까지 난 상태다. 하나뿐인 창문 위에는 고물 에어컨이 달려 있다.

방 한구석에는 방석이 쌓여 있고 그 옆은 책장. 책이 빼곡히 꽂혀 있지만 거의가 만화책이다.

마침 아벨이 와 있었다. 방바닥에서 뒹굴뒹굴하면서 만화책을 읽던 아벨은 방 안으로 비틀비틀 걸어 들어오는 가즈마를 보고 벌떡 일어났다. 조금 겁먹은 얼굴이었다.

아벨은 극도로 낯을 가렸다.

"괜찮아."

생긋 웃어 줬다. 내가 웃으면 아벨은 안심했다.

"아벨, 저기 방석 좀 가져와. 이 자식 좀 눕히게."

얇은 방석을 반으로 접어 "자, 여기!" 하고 손짓해 부르자 가즈마는 구르듯이 눕더니 방석을 머리에 뺐다. 그대로 눈을 감는 걸 보고 잠들었나 싶었는데 갑자기 벌떡 일어났다.

두 손을 바닥에 짚고 위에서 가즈마를 들여다보던 아벨이 흠칫 놀라 뒤로 물러났다.

"비밀로 해 주세요!"

"뭐?"

"내가 소요중학교에서 전학 왔다는 거, 절대로, 다른 사람한테 말하면 안 돼요."

"소요중학교?"

"그래요. 모르는 겁니까?"

"내가 그걸 어떻게 알아? 전에 네가 다녔던 학교야?"

"설마! 거기를 모르는 사람도 있는 겁니까!"

"남의 학교 이름 따위에 관심 없거든?"

"거기……, 수재들만 가는 엘리트 학교야!"

쟁반에 물컵을 담아 들고 올라온 아저씨가 깜짝 놀란 얼굴을 했다.

"모르긴 몰라도 도쿄대에 매년 백 명쯤 들어갈걸. 졸업생 중엔 정치가에 대학교수에 의사들 천지라더라. 머리 좋은 왕자님들이 가는 학교지."

"히야, 완전 딴 세상이네."

"그건 그렇다 치고. 학생, 근데 왜 공립으로 전학 온 건가? 그 좋은 학교에서 왜 아깝게 전학을 와?"

가즈마에게 물컵을 건네면서 아저씨가 물었다.

"짤렸습다—!"

가즈마는 그렇게 소리치고선 단숨에 물잔을 비운 뒤 방바닥에 털썩 드러누웠다. 이번에는 곧바로 잠이 들었다.

아벨이 붙박이장에서 담요를 꺼내 와 잠든 가즈마를 목까지 푹 덮어 줬다.

아저씨와 아벨에게 가즈마를 맡기고 카페 안식처를 나왔다.

휴우, 드디어 나쓰키를 데리러 갈 수 있게 됐다.

엄마는 요즘 컨디션이 좋지 않아서 아침에 일어나지 못한다.

오후에 기운이 좀 나면 일어나서 빨래를 널기도 하지만, 저녁때가 되면 다시 힘들다고 자리에 누워 버린다. 그런 상황이라 동생을 어린이집에 등하원시키는 것까지 내 몫이 되고 말았다.

나쓰키는 네 살이 된 지금까지도 여전히 몸이 약하다. 아토피성 피부염이 점점 악화돼서 벅벅 긁으면 허연 가루가 떨어진다. 피곤하면 금세 감기에 걸려서 열이 오르기도 한다. 오늘도 사흘만에 어린이집에 간 거라 일찍 데리러 가려고 했는데.

아, 왜 이렇게 우리 가족은 약해 빠진 거야.

또 짜증이 올라온다.

나쓰키를 낳은 뒤로 엄마는 일시적으로 건강을 되찾은 것처럼 보였다. 공황 장애인가 하는 증상도 나타나지 않았고, 보통의 엄마들처럼 집안일과 육아를 잘 소화해 냈다.

그러나 다시 심장이 두근거린다느니 숨 쉬기가 힘들다느니 잠이 안 온다느니 하면서 징징거리기 시작했다. 집안 분위기는 음울했고, 엄마는 집안일은 물론 얼굴에 화장품 하나 찍어 바르는 일조차 하지 않았다. 텔레비전을 보기는커녕 밥도 먹지 않았으며, 병원에 갈 때 말고는 집에서 한 발짝도 나가지 않았다.

그렇게 '우울증'이라는 새로운 병이 하나 더 더해졌고, 그만큼 먹는 약도 더 늘었다.

담당 사회 복지사가 바뀐 것도 엄마의 우울증에 한몫했으리라고 본다.

그때 나는 중학교 1학년, 나쓰키는 두 살이었다.

아빠가 죽고 생활이 곤란해지자 우리는 '기초 생활 수급비'라는 걸 받게 됐다.

구청 사회 복지과에서 담당 사회 복지사가 이따금 집으로 찾아왔다. 처음에 온 복지사 아주머니는 굉장히 살갑고 자상한 사람이었다.

"조급하게 생각하지 마세요. 지금은 본인 몸과 아이들 생각만 하면 돼요. 그러라고 이런 제도가 있는 거예요. 어려운 일이 있거든 뭐든 다 저한테 말씀하세요."

후덕하게 생긴 그 아주머니는 정말로 온갖 상담에 다 응해 줬고, 엄마는 그 아주머니가 오면 아이처럼 눈빛이 달라졌다.

하지만 곧 담당자가 바뀌었다. 새로 온 복지사는 젊은 남자였다. 생김새도 말투도 가벼운 인상이었고, 코 옆에 커다란 검은 점이 있었다.

"어린이집에 빈자리가 났습니다. 나쓰키도 이제 두 살이 됐으니 보내는 게 어때요? 요즘 어린이집은 여간해서 들어가기 어려운데, 부인은 진짜 운이 좋은 겁니다!"

엄청 친절을 베푸는 것 같았지만 사실은 '언제까지 수급비로 살 건데? 얼른 나가서 일해서 스스로 벌어먹고 살라고!'라는 의미였다.

"공황 장애요? 아, 근데 요즘은 증상도 안 나타나잖습니까? 지금은 신장도 좋아졌다고 의사 선생님이 그러던데요, 뭘. 이젠 일도 좀 찾아보는 게 좋지 않겠습니까?"

"저……, 좀 더 있다 찾아보면 안 될까요? 나쓰키도 몸이 썩 건강하지 않아서……. 또 저도 아직 사회에 나가 일할 자신이……."

"부인! 지금 어리광 부리는 겁니까?"

별안간 복지사의 목소리가 커졌다.

"부인이 받는 수급비 말이죠, 그거 하늘에서 뚝 떨어진 돈 아닙니다. 국민들이 뼈 빠지게 일해서 낸 세금으로 지급하는 겁니다. 그러니까 부인도 말이죠, 병도 있고 아이도 있어서 힘들 테지만, 가능한 범위에서라도 일을 했으면 하는 겁니다.

요즘은 지급할 수급비가 자꾸 늘어나고 있어요. 수급자들에게 있는 대로 돈을 다 지급해 버리면 재정이 파탄 난단 말입니다. 하여간, 사정이 그러니까 의사 선생님하고 상담도 해 가면서 어떻게 좀 하시길 바랍니다!"

엄마는 울 것 같은 얼굴로 그 이야기를 들었고, 결국 그날 밤에 공황 장애를 일으켜 구급차로 병원에 실려 갔다. 그 후로 엄마 상태는 나날이 나빠졌다.

복지사도 마음에 들지 않았지만 엄마도 참 딱하다 싶었다.

옛날부터 느끼던 거지만 엄마는 싫은 일이 생기면 곧바로 도망쳐 버렸다. 아빠가 스낵바를 할 때는 가게 일조차 거들지 않았다. 주정뱅이 손님이 무섭다느니 어떻다느니, 맨날 그런 핑계를 대면서.

내가 다니던 유치원과 초등학교 학부모회 임원도 몸이 약하다는 이유로 고집스레 거절했다. 그 탓에 나는 인사하고 지내는 친구 엄마가 한 명도 없었다.

"미안해."

엄마가 뜬금없이 나에게 그렇게 사과한 적이 있었다.

"엄마가 이 모양이라 미안해. 겁쟁이에다 약해 빠져서 아무것도 못해서 미안해."

'미안하단 말 대신 악착같이 좀 살지 그래?'

나는 속으로 그렇게 받아쳤다. 엄마는 고등학교 중퇴에 의사소통 장애가 좀 심한 편이긴 해도 얼굴 하나는 예쁜 편이다.

만약 내가 그 정도로 예쁘다면 그거 하나만으로도 자신만만하게 살아갈 수 있을 거다. 얼굴만 예쁘지 도통 할 줄 아는 게 없는 엄마 때문에 내가 얼마나 힘든지 알아?

중학교 1학년 겨울.

소프트볼 동아리를 그만뒀다. 동아리 활동 자체는 무지 재미있었지만 집안일과 나쓰키를 돌보느라 연습에 나갈 시간이 없어서였다.

칭얼거리는 나쓰키를 달래며 마트에서 저녁거리를 사 오고, 밥을 해 먹이고, 목욕을 시키는 일상이 계속됐다.

그리고 2학년 겨울, 더 끔찍한 일이 터졌다.

병원 다녀오던 길에 엄마가 지갑을 잃어버린 것이다. 다행히 다음 날 경찰서에서 연락이 와서 지갑은 찾았지만, 이상하게도 그게 불씨가 되어 골치 아픈 일로 번졌다.

그 지갑 속에는 기초 생활 수급자 가정에 발급해 주는 '휴일·야간 진료 의뢰증'이 들어 있었다.

수급자 가정에는 건강 보험증이 나오지 않았다. 갑자기 어디가 아플 때는 복지사에게 병원에 가고 싶다고 말해야 했다. 그러면 병원으로 연결해 주는데, 휴일이나 밤에는 상담을 할 수 없기 때문에 의뢰증을 가지고 직접 병원에 가야 하는 것이다. 의뢰증을 제시하면 무료로 치료받을 수 있다.

그런 이유로 더더욱 남이 알면 난처한 일이었다.

"이야, 부럽다야—."

엄마가 지갑을 잃어버리고 이틀 후. 교실에 들어가자마자 사이토가 그렇게 시비를 걸어 왔다.

사이토는 야구부 부원으로 우리 다세대 주택 근처에 있는 공단 주택에 살았다.

지갑을 주워 경찰서에 가져다준 사람이 바로 사이토네 엄마였던 거다. 마트로 출근하던 길에 주운 모양이었다. 그때 지갑 속을 확인하다가 그 서류를 본 것이다.

서류에 적힌 이름을 보고 곧바로 엄마를 떠올렸나 보다.

초등학교 때, 사이토네 엄마는 학부모회 임원을 거절한 우리 엄마를 대신해서 강제로 그 자리를 떠맡은 적이 있었다.

"기초 생활 수급자는 말야, 병원비가 공짜란다."

사이토는 '기초 생활 수급자' 부분이 잘 들리도록 일부러 강하게 발음하면서 불쾌하다는 눈초리로 나를 보았다.

"누군 좋―겠네. 일도 안 하는데 돈 받고 말야. 거기다 병원까지 공짜라지? 우리 아빠는 아침부터 밤늦게까지 트럭 운전하고, 우리 엄마도 매일 마트에서 물건 넣고 빼는 일을 하는데 말야. 둘 다 허리 아파서 병원에 가도 공짜가 아니라던데. 꼬박꼬박 치료비 다 낸다던데."

되받아치고 싶었지만 딱히 할 말이 떠오르지 않았다.

사이토가 한 말은 다 사실이었다.

더욱이 사이토네 부모님이 일해서 낸 세금의 일부를 우리가 기초 생활 수급비로 받는다는 걸 나는 복지사에게 이미 들어서 알고 있었다.

"완전 뻔뻔하지 않냐?"

사이토는 가뜩이나 부리부리한 눈에 더 힘을 주고서 나를 노려보았다.

"수급자는 말이지 개이득이야. 우리 엄마도 분통을 터뜨리더라. 갖은 이득은 다 보면서 그걸 숨기는 건 뻔뻔하다고 말이지. 그래서 내가 생각해 봤는데, 기초 생활 수급자는 전부 옷에 수급자라고 써 붙이고 다니는 게 어떨까? 모두가 부양해 주는데 그 정도도 안 하면 불공평한 거 아냐?"

"누가 아니래, 전적으로 동감!"

나는 바로 정면에서 사이토를 맞받아 보았다.

분노인지 비참함인지 알 수 없는 뭔가가 머릿속에서 들끓었다.

"우리 집은 여러분이 부양해 주신 덕분에 살아가고 있습니다. 정말로 고맙습니다."

그리고는 복도로 달려 나가 사물함에서 체육복을 꺼내 왔다. 청소 당번표를 만들고 있는 아이의 손에서 유성 펜을 홱 낚아챘다. 체육복 앞면에 꽉 차게 '기초 생활 수급자'라고 큼지막하게 썼다.

등판에는 '고맙습니다!'라고 휘갈겨 썼다.

그리고 여자 화장실로 뛰어가 교복을 벗어 던지고 그 체육복으로 갈아입었다.

그 차림새로 교실로 돌아온 나를 보고 모두들 스르르 물러났다. 사이토도 할 말을 잃었는지 어안이 벙벙한 얼굴이었다.

속으로 '쌤통이다.'라고 생각했다. 뭐가 쌤통인지는 모르겠지만 아무튼 그렇게 생각했다.

그때 담임 선생님이 허겁지겁 뛰어와 내게 자신의 트레이닝복을 걸쳐 줬다. 그리고 나를 교무실로 데려가 어떻게 된 일인지 조심스레 물었다. 나는 한 마디도 하지 않았다.

나중에 사이토도 불려 가서 호되게 야단을 맞은 모양인데, 나와는 상관없는 일이었다.

체육복을 새로 사야 할까? 어쩌지? 그 돈은 또 어디서 난담.

내겐 오로지 그 걱정뿐이었다.

다행히 체육복은 바자회에서 팔다 남은 걸 거저 얻었다. 중고치고는 깨끗한 편인 데다 사이즈도 딱 맞아서 아무 일도 없었던 듯 원상 복구를 했다. 하지만 마음은 원상 복구되지 않았다.

모두에게 부양받고 있다.

혜택을 받고 있다.

막연히 느끼고 있던 걸 두 귀로 똑똑히 듣고 나니 생각할수록 나 자신이 비굴하게 느껴졌다.

그런데……, 그게 내 탓인가?

기초 생활 수급비를 받는 거, 뻔뻔하다 치자. 하지만 그걸 받는 건 엄마다. 근데 나더러 어쩌라고.

이런 집에서 태어나 미안합니다, 죄송합니다. 그렇게 사과라도 해야 한단 거야?

다 필요 없어, 혜택 같은 거. 거절하겠다고!

그렇게 소리치며 뿌리치고 싶어도 그걸 받지 않으면 당장 생활할 수가 없었다.

나도 좀 더 제대로 된 부모에게서 태어나고 싶었다. 선택할 수만 있었다면.

아까 그 애는 아마 번듯한 부모에게서 태어났겠지. 소요중학교가 어떤 학교인지는 잘 모르겠지만, 중학교를 시험 봐서 들어갈 정도라면 우리 집과는 확실히 차원이 다를 거다.

모든 걸 집에서 다 해 주겠지. 비싼 학원비도 척척 내줄 거고, 저녁 도시락도 집에서 손수 싸 줄 거고, 학원이 끝나면 차로 데리러 올 거고, 합격했다고 만세를 연발하며 기뻐했을 테고, 또 사립 중학교의 비싼 등록금도 내주었겠지?

내 처지에서 보면 딴 세상 사람이다.

야마노우치 가즈마였던가?

다니던 사립 중학교에서 잘렸다고 했지. 그때 그래서 울었던 건가.

징징대긴. 완전 약해 빠진 녀석인 거다.

돈도 있을 거 아냐? 넉넉한 집안에서 자랐으면서 질질 짜기나 하고.

'비밀로 해 주세요.'

아까 들었던 녀석의 말이 생각났다.

'내가 소요중학교에서 전학 왔단 거, 다른 사람한테 말하면 안 돼요.'

아, 그렇구나. 말하면 안 되는 거로구나. 그렇다면 동네방네 떠들어야겠는데?

무지무지 공격적인 마음이 들었다. 내가 왜 이러지?

그 애한테 원한 같은 건 전혀 없었다. 딴 세상 애가 어떻게 살든 나와는 상관없는 일이니까.

단지 마음에 들지 않을 뿐이다. 쫄쫄 굶은 사람 옆에서 맛있는 빵을 맛없다는 듯이 먹을 것 같은 애들이.

아벨의 얼굴을 떠올려 본다. 아벨도 나처럼 가난한 동네에 산다. 중1인 아벨은 옆 동네에 있는 학교에 다닌다. 엄마와 단둘이 살지만 엄마가 아침부터 밤늦도록 일을 해서 집에 있는 시간이 거의 없는 듯했다.

나와 아벨은 시에서 무료로 운영하는 아오조라 학원에서 처음 만났다. 아오조라는 청소년 센터에서 저소득층 가정의 아이들을 위해 주 2회 운영하는 학원이다. 간식도 주고, 자원봉사자 선생님이 '웬만하면 공부도 좀 해 보지 않을래?'라며 다독거리는 분위기로 가르치기 때문에 한때는 나도 꽤 열심히 다녔다.

하지만 그 '기초 생활 수급자 체육복 사건' 이후로 관뒀다.

무료 학원, 그것도 뻔뻔하다고 트집 잡힐까 봐서.

그러자 아벨도 덩달아 그만뒀다. 그렇잖아도 아벨은 아오조라에서 커다란 흰뺨검둥오리 새끼처럼 내 뒤를 졸래졸래 따라다녔다.

아벨은 아오조라 학원 선생님이 혀를 내두를 정도로 공부를 못했다. 진짜 지지리도 못했다.

그나마 거기서 배운 덕택에 겨우 덧셈 뺄셈이라도 할 수 있게 되었지만, 이대로 두면 중학교 수업은 절대로 못 따라갈 게 뻔했다. 고등학교 들어가기도 쉽지 않을 거다. 앞날이 걱정된다.

바로 그거야! 퍼뜩 생각났다.

아까 그 전학생 야마노우치 가즈마. 그 애한테 아벨을 가르치게 하면 어떨까?

나는 그 애가 숨기고 싶어 하는 비밀을 쥐고 있다. 그걸 누구에게도 말하지 않겠다는 조건으로 아벨의 과외를 떠맡기는 거다. 물론 아오조라 학원에서처럼 공짜로.

"좋은 생각이야."

소리 내어 중얼거리자 괜히 기분이 좋아졌다.

"그래, 빡세게 일을 시켜 주지!"

아, 기분 좋다. '혜택'이란 건 '받는다'고 생각하면 비참해진다. 하지만 '주게 한다'고 생각하면 이토록 통쾌해지는 거다. 실컷 '주게 하고' 싶다. 특히 배부른 소리를 하는 부자 동네 애들에게는 더 많이.

어린이집 건물이 보였다. 저녁 햇살을 받아 오렌지색으로 물들었다. 내 품에 뛰어들 나쓰키의 온기를 생각하니 입이 절로 벌어졌다.

카페 안식처

머리가 지끈지끈 아프다. 속도 메슥메슥하다.

살짝 눈을 뜨자 얼룩투성이 천장과 그 가운데 매달린 네모난 전등이 희미하게 눈에 들어왔다.

여기는……, 어디지?

갑자기 시야 한가운데로 사람의 얼굴이 불쑥 나타났다. 갈색이다. 뻣뻣해 보이는 곱슬머리에 펑퍼짐한 코. 쌍꺼풀진 처진 눈매에 입술은 두툼하다. 외국인……?

"으앗!"

얼떨결에 상반신을 벌떡 일으키자 그 남자도 눈을 돌린 채 나에게서 확 물러났다.

서로 겁먹은 얼굴로 마주 봤다. 이게 무슨 상황인지 도무지 모르겠다. 대체 어떻게 된 거지?

그때 통통통 계단을 올라오는 발소리가 나고 이내 드르륵하며 미닫이문이 열렸다. 머리칼이 성근 아저씨가 얼굴을 들이밀었다. 이 사람은 확실히 일본인이 맞는 것 같다.

"어, 일어났네, 학생."

"저, 저어⋯⋯."

지끈거리는 머리를 누르면서 당장이라도 도망칠 태세로 슬쩍 허리를 들고 물어봤다.

"여기⋯⋯, 어디예요? 제가 대체⋯⋯."

중년과 노년의 중간쯤 되는 나이로 보이는 그 사람이 쾌활하게 껄껄껄 웃었다.

"학생, 기억 안 나는 모양이구먼. 매실주를 보리차인 줄 알고 마셨다지?"

"아⋯⋯."

동영상을 빨리 되감기한 것처럼 오늘의 기억이 되살아났다.

아, 맞다. 매실주를 보리차로 잘못 알고 벌컥벌컥 마셨고, 머리가 해롱해롱해서 그만 역방향 전철을 타고 학교 근처까지 갔고, 이번에는 밀려오는 서글픔에 육교에서 아래를 내려다보고 있는데 뒤에서 누군가 끌어내렸고, 그 바람에 바닥으로 쿵 나뒹굴었고, 그 누군가에게 이마를 얻어맞았고⋯⋯.

분명 같은 반 이쓰키라는 여자애였다.

그다음부터는 기억이 나지 않았다. 거기서부터 필름이 끊긴 거다.

"여긴 우리 카페 2층이다. 고주망태가 된 널 이쓰키가 데려왔지. 기가 차서 원, 온갖 놈들이 다 굴러드니 도대체 살 수가 있어야지."

아저씨는 지긋지긋하다는 얼굴로 구석에서 무릎을 끌어안고 앉아 있는 남자에게 말을 건넸다. 다시 봐도 외국인인가 싶게 생김새가 남달랐다.

"아벨, 괜찮대도! 이쓰키랑 같은 반이래. 자, 이리 와."

그 남자는 두 손으로 바닥을 짚고 슬렁슬렁 기어 와 내 옆에 반듯하게 무릎을 꿇고 앉았다.

몸집이 크고 다부졌다. 무차별급 유도 선수 같았다. 하지만 잘 보니 얼굴은 아직 앳돼 보였다. 흑인 소년인 모양이지만 피부색은 그닥 진하지 않았다. 통통하게 부푼 뺨은 지장보살을 연상시켰다.

"이 녀석은 아벨이라고 한다. 와타나베 아벨. 중학교 1학년이야."

아저씨가 그렇게 소개했다.

"이 녀석이 네게 담요를 덮어 줬다. 고맙다고 인사라도 해."

"……고마워."

할 수 없이 아벨이라는 소년에게 고개를 숙였다. 하지만 소년은 대답하지 않았다. 입을 다물고 고개를 숙인 채 가만히 있었다. 일본어를 못하나.

게다가 이 체격에 중1? 얼마 전까지 초등학생이었다는 게 믿기지 않았다.

그때 퍼뜩 떠올랐다.

"지금 몇 시예요?"

"아, 여덟 시가 넘었지."

"네?! 말도 안 돼……. 학원……! 학원 가던 길이었는데!"

"어쩔 수 없지. 오늘은 포기해. 너, 소요중학교 다닌다지? 머리가 그 정도로 좋으면 하루쯤 뒤처져도 문제없을 거 아냐?"

"네?"

온몸의 핏기가 싹 가시는 느낌이었다.

"어, 어, 어떻게, 어떻게 아저씨가 그걸 아시죠?"

"제 입으로 말해 놓고 무슨 소리래. 기억 안 나?"

현기증이 일었다. 필름이 끊긴 사이에 그런 말을 지껄였을 줄이야.

"아, 참! 너, '비밀로 해 주세요!'라고 소리치던데. 집이 떠나가라 큰 소리로 말야. 우하하하! 그거 전형적인 술주정이다."

충격으로 깜깜해진 시야 한구석에서 입구의 미닫이문이 탁 열렸다. 짧은 커트 머리 여자애가 서 있었다.

이쓰키. 같은 반 사노 이쓰키였다.

교실에서처럼 험상궂은 눈빛과 사람을 깔보는 듯한 엷은 미소.

"이쓰키. 너 또 온 거냐? 여기가 네 집인 줄 알아? 아벨 녀석이랑 둘이서 맨날 이렇게 죽치고 있으면 어쩌잔 거야."

아저씨가 지겹다는 투로 말했다.

"에이, 어때서요."

"뭐, 그건 그래……. 상관없지. 그래, 밥은?"

"먹었어요. 나쓰키도 먹였고요. 목욕시키고, 아토피 올라온 데 약도 발라 줬어요. 할 일 다 끝내면 그 후론 제 자유잖아요."

"그래, 너야 뭐 잘하고 있지. 그건 인정해. 그래도 말이다……."

"아, 지겨워! 듣기 싫다고요. 봐요, 아래서 손님이 부르잖아요."

"계세요—, 안 계신가요—?"

째지는 듯한 여자 목소리에 아저씨는 1층 가게로 허둥지둥 내려갔다.

"너, 야마노우치 가즈마지?"

이쓰키가 내 쪽을 돌아보았다. 묘하게 다정다감한 말투였다.

"비밀은 확실하게 지킬게."

하지만 눈빛은 먹잇감을 앞에 둔 살쾡이 같았다.

"소문나는 거 원치 않지? 엘리트 중학교에서 잘렸단 거 말야. 무슨 잘못을 했기에? 뭐 훔친 거야? 아니면 여자를 덮쳤어?"

끔찍한 말에 뇌가 얼어붙는 것 같았다. 이 애 앞에서도 그 소리를 지껄였나 보다.

나는 매달리듯 말없이 이쓰키를 보았다.

부탁한다. 제발 입 다물어 줘. 아무한테도 말하지 말아 줘.

"비밀 지키는 거, 그거 공짜론 안 돼."

이쓰키는 끈적끈적, 하지만 재미있다는 듯이 웃었다.

"넌 앞으로 여기 다니면서 쟤……, 아벨한테 공부를 가르치는 거야."

그러면서 옆에서 잠자코 우리를 보고 있는 소년을 가리켰다.

"물론 공짜로. 그게 비밀을 지키는 조건이야."

"그, 그…… 그 말은……, 협박이야?"

"무슨 말을 그렇게 섭하게 하냐? 협박이 아니고 거래지."

"아니, 이건 명백한 협박이야. 내가 왜 여기 다니면서 쟤한테 공부를 가르쳐야 해? 무슨 소리를 하는 건지 당최 모르겠는데."

"무슨 소린지 그건 몰라도 되고, 일단 시키는 대로 해. 꼭 날마다 해야 되는 건 아니고. 일주일에 몇 번만 해도 돼."

"하지만……."

"시끄러워!"

이쓰키는 딱 잘라 내 말을 가로막고 살쾡이 같은 눈빛으로 노려보았다.

"됐어. 싫으면 오지 말든가. 그럼, 네가 숨기고 싶은 비밀, 그거 학교에 확 퍼뜨리지, 뭐."

내 주위는 분명 나쁜 기운으로 가득 차 있다. 그래서 이렇게 불행한 일이 잇따라 일어나는 거다.

이쓰키라는 저 여자애. 어째서 저렇게 협박조로 나오는 걸까. 대체 나에게 무슨 원한이 있기에.

게다가 집안이 발칵 뒤집혔다.

학원에서 무단결석했다고 연락이 가자 엄마는 내가 행방불명된 줄 알고 사방에 미친 듯이 전화를 걸어 댄 모양이다. 아버지는 병원을 조퇴했고, 근처에 사는 할머니도 한달음에 집으로 뛰어왔다. 한자리에 모인 어른들이 경찰에 신고를 하려던 참에 내가 집에 들어간 것이다.

"제발 똑바로 좀 해!"

아버지는 아까부터 계속 엄마를 다그쳤다.

"매실주를 왜 보리차 병에 넣어서 냉장고에 보관하는데? 왜 그렇게 사람을 헷갈리게 해? 급성 알코올 중독은 만만히 볼 게 아니란 말이야. 죽을 수도 있다고."

"잘못했어요……."

엄마는 고개를 수그리고 꺼질 듯한 목소리로 대꾸했다.

"가즈마, 너도 그렇지."

아버지의 화살이 이번에는 내게로 향했다.

"술에 취해서 마트 푸드 코트에서 잠들어 버리다니?"

어디서 뭘 하고 있었냐고 다그치는 바람에 그렇게 거짓말을 했다. 그렇게라도 둘러대지 않으면 소란이 점점 커질 테니까.

"까딱하면 경찰서 보호 지도감이야. 잠들어 버리기 전에 왜 전화 한 통을 못 해!"

"저……, 가즈마는 연락했나 본데……, 내가 벨소리를 못 들었어요."

"대체 어디다 정신을 팔고 사는 거야, 당신!"

엄마 말에 아버지는 점점 더 벌레 씹은 얼굴로 바뀌었다.

"당신이 전화만 제대로 받았어도 상황을 바로 알았을 거 아냐? 난 입원 환자까지 팽개치고 뛰어왔는데!"

"미안해요……."

"어멈을 너무 나무라지 마라."

소파 쪽에서 나직하지만 또랑또랑한 목소리가 났다. 할머니였다.

할머니는 일흔이 넘은 나이에도 눈매가 또렷해 보이도록 짙게 눈 화장을 하고, 잿빛 보브컷 헤어스타일을 멋스럽게 손질하고 다녔다. 샴고양이 같은 인상이다.

아버지가 입을 딱 다물었다.

"그리 버럭버럭 화내지 마라. 이게 다 내 잘못이지. 내가 매실주를 가져오는 바람에 이 사달이 났으니 말이다."

"아니에요, 어머님. 무슨 말씀이세요……."

엄마가 죄송하다는 듯이 말했다.

얼핏 보면 사이가 무지 좋은 고부간 같다. 할머니는 젊을 때 입던 기모노와 기모노 허리에 매는 오비를 엄마에게 아낌없이 주곤 했다. 그러나 나는 할머니가 엄마를 결코 좋아하지 않는다는 걸 어릴 때부터 눈치로 알고 있었다.

"네 어미도 참 눈썰미가 없지. 언제쯤 제 손으로 오비를 맬 수 있을지……."

나와 단둘이 있을 때, 할머니가 그런 말을 한 적이 있었다.

"개 이발사였다면서 어찌 저리 솜씨가 없는지, 원……. 네가 봐도 그렇지?"

그 '개 이발사'라는 말투에 어딘지 얕잡아 보는 듯한 뉘앙스가 깔려 있어서 어린 나이에도 나는 가슴이 철렁 내려앉았다.

할머니는 도쿄의 부유한 집에서 태어나고 자랐다. 여대를 나와 결혼 전에는 방송국에서 비서로 일했다고 한다.

그에 반해 엄마는 시골 농가 출신으로 펫숍에서 애견 미용사 생활을 했다. 오래도록 감기가 떨어지지 않아서 병원에 갔다가 아버지를 알게 됐다나?

할머니는 '애견 미용사'라고 하지 않고 '개 이발사'라고 했다. 그 말에서 나는 엄마에 대한 할머니의 감정을 읽고는 굉장히 불쾌한 기분이 들었다.

"아무튼 가즈마가 무사해서 참 다행이구나."

할머니가 미소를 지어 보였다.

"오늘은 이런 일로 하루를 망쳤지만 내일부터 다시 열심히 하면 돼. 소요중학교에서 이런저런 일로 힘들었을 테지만, 꾸준히 노력하다 보면 반드시 좋은 때가 온단다. 결국은 어느 대학에 가느냐, 그게 문제니까."

그 말에 아버지가 고개를 끄덕였다.

할머니와 아버지에게는 공통의 애독서가 있다. 바로 매년 봄에 발행되는 주간지다. 거기에는 해마다 〈전국 고교 명문 대학 합격자 배출 고교 순위〉라는 긴 제목의 특집 기사가 실렸다.

입시 명문고로 알려진 아버지 모교의 성적을 확인하는 것이 매년 봄에 치르는 연례행사였다.

둘은 이마를 맞대다시피 하고 열심히 기사를 읽으면서 전년도보다 순위가 올라가면 기뻐하고 내려가면 투덜거렸다. "어느 어느 고등학교보다 떨어지다니, 한심해서 원."이라고 하면서.

해마다 거르지 않고 꼬박꼬박 그 기사를 확인하는 걸 보면 질리지도 않는 모양이다. 깨알 같은 글씨를 읽느라 눈이 피로해져서 둘 다 안약을 넣는 광경은 볼 때마다 우스꽝스러웠다. 하지만 내가 소요중학교에서 잘렸을 때 그보다 훨씬 더 '한심'하게 여겼으리라는 걸 생각하면 웃음이 쏙 들어갔다.

"호나미도 새겨들어."

할머니가 여동생을 돌아보았다.

초등학교 4학년인 호나미는 지금 발레와 영어 외에 내가 다니는 입시 학원에도 다니고 있다.

"착실히 공부하면 학원 성적도 곧 올라갈 게야."

거실 구석에서 태블릿을 만지작거리는 호나미는 부루퉁한 얼굴로 액정 화면에서 눈을 떼지 않았다. 호나미는 공부를 썩 좋아하지 않았다. 학원에서도 최하위 반에 배정되었다.

"얘야, 듣고 있는 거냐? 할머니 얼굴 좀 봐라."

"됐어요……."

"저런, 저런. 뭐가 됐다는 거냐?"

"좋은 중학교에 가 봤자 오빠 꼴 나면 힘들기만 하잖아요. 난 공립 중학교에 갈 거예요."

그러고는 태블릿을 소파 위에 홱 내던지고 거실을 나갔다.

쾅! 문 닫히는 소리가 요란하게 났다.

"호나미! 할머니한테 말버릇이 그게 뭐야!"

아버지가 닫힌 문을 벌컥 열고 호통쳤다.

엄마는 허둥지둥 일어나더니 등을 돌리고서 마른행주로 그릇을 닦았다.

하아, 우리 집인데. 여기도 역시나 내 안식처는 아닌 것 같다.

다음 날, 자포자기하는 심정으로 이쓰키가 제안한 거래에 응했다. 과거에 대한 소문이 퍼지는 날엔 나는 정말 무너지고 말 것이다. 나에게는 선택지가 그것뿐이었다.

"일주일에 세 번은 학원에 가. 그래서 말인데, 과외를 한 번으로 줄일 수 없을까?"

아무도 없는 복도 끝에서 이쓰키에게 그렇게 제안하자 "일주일은 칠 일이야. 학원 가는 날 말고도 나흘이나 남잖아."라는 말이 돌아왔다.

"나는 동아리도 들 생각이 없으니까 학원 가는 날을 빼도 며칠이 남는 건 맞아. 근데 그렇게 자주 집을 비우면 부모님한테 의심받아."

"그럼……, 일주일에 두 번이면 되겠네. 언제로 할래?"

"월·수·금은 학원에 가고, 토·일을 제외하면 화요일하고 목요일이야."

"알았어. 그렇게 해. 땡땡이치면 넌 끝장이다."

"화요일하고 목요일에는 학교 근처 시립 도서관에서 공부하고 올게."

양심의 가책을 느끼면서 그렇게 말했을 때 엄마는 눈을 한참 동안 깜빡였다.

"알았어. 너, 소요중학교 그만두고 마음을 다 내려놓는 건 아닌가 싶어서 사실 걱정 많이 했어. 근데 그렇게 열심히 공부할 생각이라니, 이제 걱정 안 해도 되겠다. 넌 강해졌구나. 엄마가 널 좀 더 믿었어야 하는 건데. 미안해."

"그건 아니고……."

열심히 할 생각도 없는 데다, 강해진 건 더더욱 아니었다. 그저 닥쳐온 재난에 꼼짝 없이 떠밀려가고 있을 뿐이었다.

목요일.

나는 이쓰키가 그려 준 지도를 보고 며칠 전에 갔던 카페를 찾아갔다. 이쓰키는 집에 일이 있어서 나중에 온다고 했다.

혼자서 찾아갈 수 있을까. 지난번에 갈 때는 취한 상태였고, 돌아올 때는 충격으로 몽롱한 상태여서 '안식처'고 뭐고 전혀 기억이 나지 않았다. 스트레스로 속이 메슥거리는 데다 다리도 천근만근이었다.

상가 건물이 즐비한 길에서 골목 안으로 꺾어 들어가자마자 바로 앞.

자그마한 2층 건물과 손글씨로 쓴 입간판이 눈에 들어왔다.

카페 안식처

그 이름을 본 순간, 왠지 무언가가 가슴 가득 차올랐다.

안식처, 안식처……. 내가 아무리 원해도 얻을 수 없는 그것. 그토록 바라던 안식처에 협박이나 다름없는 강요에 의해 드나들게 될 줄이야. 이렇게 얄궂은 일이 또 있을까.

마음을 다잡고 가게 문을 열었다. 문에 매달린 커다란 방울이 카랑카랑인지 딸랑딸랑인지 분간할 수 없는 소리를 냈다.

"오, 오! 왔는가, 머리 좋은 소년."

주인아저씨가 엄청나게 반가운 얼굴로 나를 맞았다.

"이쓰키한테 들었다. 네가 아벨한테 공부를 가르치기로 했다지? 이야, 마음이 참 갸륵하네. 자, 자, 2층으로 올라가. 아벨 녀석은 벌써 와 있다."

신발을 벗어 계단 옆 선반에 올려놓고 아저씨에게 엉덩이를 떠밀리듯 해서 2층으로 올라갔다.

방문을 열자 다리가 낮은 상이 펼쳐져 있는 게 보였다. 며칠 전에 만난 덩치 큰 소년이 방바닥에 벌러덩 드러누운 채로 만화책을 읽고 있었다. 소매가 깡뚱한 낡은 초록색 운동복 차림인 걸 보면 집에 들러 옷을 갈아입고 왔을 것이다.

나를 보자 끔찍이 싫다는 내색을 했다.

"아벨은 공부하는 걸 싫어해."

뒤따라 올라온 아저씨가 중얼거렸다.

"다만 이 녀석은 이쓰키 말이라면 껌뻑 죽거든. '화요일과 목요일은 학교 끝나면 카페 안식처로 와. 거기 온 애한테 배워.' 이쓰키가 그렇게 명령하니까 마지못해 오긴 했을 테지만, 딱히 공부할 생각은 없을 거다."

"그렇군요……. 그럼 저보다는 번듯한 대학생한테 과외를 받든가, 학원에 다니는 게 좋지 않을까요……."

"과외든 학원이든 돈이 없으니까 너한테 부탁했겠지. 아무 얘기도 못 들은 거냐?"

아저씨 얼굴에 어이없다는 표정이 떠올랐다.

"아벨하고 이쓰키는 무료 학원에 다녔다. 근데 이쓰키가 그만두니까 곧바로 아벨도 나와 버렸어. 그 뒤로 둘 다 매일같이 여기서 죽치고 있는 거지."

"무료 학원이요? 무료로 가르쳐 주는 학원이 있어요? 아, 성적 우수자한테 학원비를 면제해 주는 학원이 있다던데, 그거 말이에요?"

"허, 참! 말이 안 통하네."

아저씨는 두 손으로 자신의 관자놀이께를 눌렀다.

"시에서 운영하는 거야. 가난한 집 애들을 지원하는, 뭐 그런 사업이지."

"그럼 둘은 가정 형편이 어려워서……."

"그렇지. 아벨네는 어머니 혼자 일해서 이 녀석을 키우고 있고, 이쓰키네는 기초 생활 수급자 가정이잖아. 아차차! 에잇, 하도 말이 안 통하니까 나도 모르게 할 말 안 할 말 다 지껄여 버렸네. 잊어라, 방금 한 말."

"저어……, 이쓰키랑 아벨은 왜 여기 오는 거죠? 친척이에요?"

"난 이쓰키가 초등학교 때 활동했던 소년 야구팀 코치였다. 그 녀석, 참 좋은 투수였는데 말야. 나는 이 가게를 열어 놓고 코치를 계속할 형편이 못 돼서 관뒀고, 이쓰키도 사정이 좀 있어서 관뒀지. 그런 관계다."

"그렇다고 왜 남의 집 자식들을 돌보고……."

"참 내, 그놈의 왜, 왜 소리 좀 작작해라! 오는 애들을 쫓아낼 수 없어서 어쩔 수 없이 돌봐 준다! 왜, 불만 있나!"

아저씨가 버럭 호통을 치는 통에 나는 입을 다물었다.

오는 애들을 쫓아낼 수 없다고? 아냐, 그럴 리 없어.

가게는 이 사람 소유잖아. 그렇게 꽥꽥 화낼 거면 내보내면 되지. 나도 그렇게 단칼에 소요중학교에서 쫓겨났는데.

"물론……, 내가 공부까지 가르치면 좋겠지만 말이다."

아저씨는 듬성듬성한 앞 머리칼을 한 손으로 마구 뒤헝클고는 한심하다는 얼굴을 했다.

"보다시피 나는 시간도 없고 가방끈도 짧아. 그래서 네가 온 게 반가운 거다. 질문은 됐고, 이제 일 시작해. 자, 자, 아벨. 만화책 치워. 그리고 이 형한테 '잘 부탁합니다.' 하고 깍듯하게 인사해라. 알았지? 농땡이 치면 안 돼!"

아저씨는 그렇게 속사포처럼 말을 쏟아 내더니 다시 가게로 내려갔다.

나와 아벨, 단둘이 남았다. 긴장이 되었다.

"가난한 집 애들"이라고 아저씨가 그랬다. 어쩐지……. 어딘지 모르게 사납던 이쓰키의 그 눈빛. 나에 대한 공격적인 태도.

그 모습은 초등학교 때 나를 괴롭히던 애들과 많이 닮았다. 부 잣집 왕자님이라느니 공붓벌레라느니 조롱하면서 나를 적대시 했다.

솔직히 말하지만 나는 생활 수준이 낮은 사람들이 싫다. 무섭 기도 하고 왠지 모를 혐오감도 든다. 초등학교 때 다닌 입시 학 원이나 소요중학교에는 그런 애들이 단 한 명도 없었다. 나는 그 애들이 어떤 생활을 하는지, 무슨 생각을 하는지도 잘 모른다. 여기 있는 이 아벨도…….

겁이 나서 몸을 움츠리고 있자니 아벨이 벌떡 일어났다.

크다.

165센티미터에 불과한 나보다 키가 훨씬 크고 가슴팍도 두툼 했다. 보는 것만으로도 압도당하는 느낌이었다.

무릎을 꿇고 있던 나는 얼떨결에 그 자세 그대로 뒤로 물러났 다. 성이 와타나베인 것으로 보아 아마도 부모님 중 한쪽이 일본 인일 테지만 외모는 어디로 보나 외국인이었다. 영화에서 본 흑 인 보디가드가 떠올랐다.

내 주변에는 흑인이 한 명도 없다. 정체를 알 수 없으니 더욱 겁이 났다.

아벨은 들고 있던 만화책을 책장에 도로 갖다 놓으려고 일어 난 거였다. 그러고는 어쩔 수 없다는 듯이 가방에서 공책과 필통을 꺼냈다. 큼직한 손으로 공책에 오밀조밀하게 글씨를 써서 그걸 내 쪽으로 밀어 놓았다.

덩치에 어울리지 않게 글씨가 작았다. 글자인지 개미인지 분간할 수 없을 정도로.

'잘 부탁합니다.'

서툴지만 의심의 여지가 없는 일본어였다.

어? 너무 뜻밖이어서 아벨을 똑바로 바라보았다. 아벨은 머무적머무적 아래만 보고 있었다. 외모에서 느껴지는 위압감과 다르게 수줍음이 많은 모양이었다.

후웅후웅 콧김을 내뿜는 소리, 내리뜬 눈을 뙤록뙤록 굴리는 모습이 사랑스러운 프렌치 불도그를 연상시켰다.

그런데 왜 인사를 필담으로 하지?

혹시 귀가 안 들리는 건가? 그런 사람은 말도 못 하는 경우가 많다. 자신이 낸 목소리를 듣지 못하기 때문이다. 시험 삼아, '내가 하는 말, 들려?'라고 쭈뼛쭈뼛 써서 보여 줬다. 아벨이 고개를 한 번 끄덕했다.

귀는 문제없다……. 그렇다면 어째서 필담을?

"혹시 목소리가 나오지 않는 거야?"

또 고개를 끄덕.

'왜?' 하고 물으려다 말을 삼켰다. 조심성 없이 물어봤다가 화를 돋굴까 봐 무서웠기 때문이다.

"그럼 대답은 공책에 써서?"

다시 끄덕.

"너한테 공부 가르치라고 해서 왔는데, 어느 과목을 가르치면 되지?"

아벨은 고개를 갸웃거리며 생각에 잠겼다. 묻는 방법이 나빴는지도 모르겠다.

"어떤 과목을 싫어해? 나한테 말해 줄래?"

아벨은 다시 생각에 잠기더니 마침내 깨알같이 작게 써서 내밀었다.

'다 싫어해. 나는 머리가 나빠. 바보야.'

그러고는 부끄러운지 고개를 떨어뜨리고 후웅 콧김을 내뿜었다. 그걸 본 순간 가슴이 철렁 내려앉았다. 소요중학교에서 낙오자로 지냈던 기억이 생생하게 되살아났다.

도무지 수업을 따라갈 수가 없었다. 나는 매일매일 슬펐다. 그 어려운 관문을 뚫었으니 머리가 그렇게 나쁘지는 않을 거라고 여기면서도, 다른 애들보다 멍청한 건 분명하다는 생각이 들었다. 너무 비참했다.

스스로를 바보라고 생각할 수밖에 없는 현실은 고통스럽다. 정말로 고통스럽다.

나는 순간적으로 아벨에게 두려움이 아닌 친근함 비슷한 감정을 품었다.

"너는 바보가 아냐."

나도 모르게 마음 깊은 데서 그런 말이 튀어나왔다. 아벨은 어리둥절한 얼굴로 나를 바라보았다.

"왜냐하면, 너는 자신을 객관적으로……."

좀 더 쉽게 전달할 수 있는 표현이 없을까 생각하면서 단어를 골랐다.

"그러니까……, 너는 너 자신을 멀리 떨어져서 보고 정확히 알려고 하고 있어. 그런 사람은 바보가 아니야."

아벨은 커다란 몸을 구부리고 눈을 치켜뜬 채로 나를 빤히 바라보았다. 마침내 그 얼굴에 안심의 빛이 떠올랐다.

"어느 과목부터 공부하고 싶어? 내가 할 수 있는 건 뭐든 다 가르쳐 줄게."

그러자 아벨은 갈색 손가락으로 공책을 끌어당겨 지금까지 쓴 글씨 중에서 가장 크게 '나눗셈'이라고 썼다.

블랙 대불

책가방을 등에 멘 채 왼손으로 나쓰키의 손을 잡고, 오른손에는 노란색 플라스틱 장바구니를 들었다.

"쉬—."

나쓰키가 다리를 안쪽으로 꼬면서 나를 올려다봤다.

"뭐? 아까 어린이집에서 쉬 안 했어?"

"아니, 하려고 했는데……. 있지……, 선생님이 '그림책 읽어 줄게요.'라고 했어. 애들이 다 모여 있어서 나도 그쪽으로 갔어. 그래서 쉬하는 거 까먹었어."

그만 혀를 차고 말았다.

"왜 안 한 거야? 쉬 먼저 했어야지, 그림책은 나중에 보고!"

일단 바구니를 제자리에 갖다 놓고 식품 매장을 나와 2층 화장실로 향했다.

나쓰키의 손을 억세게 잡아끌고 성큼성큼 걸어가자 나쓰키가 "언니, 잘못했어."라고 웅얼거렸다.

"나, 쉬 안 할래. 참을게."

아차 싶었다. 나쓰키는 이제 겨우 네 살이다. 어쩌자고 네 살짜리 어린애한테 눈치를 보게 했을까. 좀 더 부드럽게 대했어야 하는데. 간혹 짜증이 훅 올라왔다. 나도 이제 겨우 중학교 3학년이다.

"안 참아도 돼."

꽉 잡은 손의 힘을 빼고 과장되게 부드러운 목소리로 말했다. 화장실에 도착해 나쓰키를 칸막이 안으로 들여보내고 문을 닫아 줬다. 그러고는 밖에서 문 밑으로 발부리를 밀어 넣고 그 앞을 지키고 서 있었다. 나쓰키는 아직 화장실 안에서 문을 잠그지 못한다.

"와, 좋겠다. 부모님이 스마트폰 사 준대?"

"응, 1지망 학교에 합격했다고."

우리보다 앞서 들어와 있던 여자애들 둘이 세면대 거울 앞에서 머리를 빗고 있었다. 그 애들도 중학생쯤으로 보였다.

"모에, 너도 사 달라고 하지 그래?"

"우리 엄마 아빠 구두쇠야. 분명, 나한테 알바해서 사라고 하실걸."

"그럼, 알바하면 되지! 알바해도 되는 고등학교에 가면 되잖아. 어떤 선배는 알바하는 데서 남친도 만났대."

좋겠다, 너흰.

치밀어 오는 감정을 억누르려고 둘에게서 눈을 돌렸다.

하지만 생각대로 되지 않았다. 그 애들 대신 이번에는 에마의 얼굴이 눈앞에 떠올랐다.

요즘 들어 부쩍 대화가 짧아진 소꿉친구 에마.

그 애도 전에 저런 얘기를 했지. 에마 부모님은 둘 다 번듯한 회사에 다녔다. 스마트폰 정도는 상으로 사 줄 수 있을 만큼 여유롭겠지. 대학 전임 강사라는 외삼촌도 자기를 예뻐해서 해마다 생일 선물을 준다고 자랑했다.

부럽고 샘도 나고 비참했다. 내게는 그런 부모도 친척도 없었다. 늘 누워 지내는, 아무짝에도 도움이 되지 않는, 나쓰키 하나 제대로 돌보지 못하는 엄마가 있을 뿐이었다.

물론 나도 알바를 하고 싶지만 수급자 가정의 자녀는 알바를 해 봐야 소용이 없다고 했다. 그걸 나는 복지사의 설명을 듣고서야 알았다.

"만약에 말입니다, 일시적으로라도 수입이 생기면 반드시 제게 알려 주셔야 합니다. 하루짜리 아르바이트든 부업이든 전부 다요."

"뭐라고요? 얼마 전엔 저금한 돈이 있냐고 묻더니……. 왜 미주알고주알 아저씨한테 다 보고해야 하죠? 사생활이란 게 하나도 없잖아요."

멍청히 듣고만 있던 엄마 대신 내가 따지고 들었다.

"으음……, 수급비를 받는 동안은 그게 의무야."

복지사는 좀 난처했던지 웃음으로 얼버무리려다가 이렇게 말했다.

"수입이 있는 걸 숨기고 수급비를 받으면 '부정 수급죄'에 걸려. 그리고 긴급 상황에 대비해 약간의 돈을 모아 두는 건 괜찮지만 거액의 돈을 저금하는 건 허락되지 않아. 뭐, 애초에 다른 수입이 아예 없으면 그렇게 저금할 수도 없겠지만……."

"우리 집은 그렇지 않다고요!"

"그래그래, 이 집이야 그럴 일이 없겠지. 다만, 그런 경우가 더러 나오다 보니까 위에서 지시가 내려오거든. 수급자들 모두에게 단단히 설명해 두라고 말이지."

"헐!"

"그러니까 잘 기억해 둬. 너도 고등학생이 되면 아르바이트를 할 수도 있겠지. 그때 받은 급여도 정확하게 보고해야 돼."

"어린애가 알바해서 번 돈까지 보고해야 돼요?"

"당연하지, 너도 이 세대의 일원이니까. 가족 중 누군가 수입이 있으면 그만큼 수급비를 깎아야지."

"잠깐만요……."

탁, 머리를 얻어맞은 기분이었다.

"내가 알바를 하면 그만큼 받는 돈이 줄어든다고요? 그럼 알바 해도 아무 소용이 없잖아요. 플러스마이너스 제로잖아요."

"으음, 뭐 알바비 전액을 깎는 건 아니고. 어디에 쓰는가에 따라서 달라지지. 이건 어려운 말인데, 공제라는 게 있어서 어느 정도는……."

"그딴 어려운 말 모르거든요!"

내가 꽥 소리쳤다.

"아무튼 알바를 해도 그 돈은 내 게 되지 않는다는 거잖아요!"

부당하다. 이건 너무나 부당하다.

가뜩이나 빠듯한 생활에 수급비마저 줄어들면 어떻게 살라고. 힘들게 알바를 해 봐야 줄어든 수급비만큼의 생활비를 보태게 될 뿐이다.

부글부글 끓어오르는 화를 참지 못하고 옆에 있는 나쓰키의 담요를 집어 복지사에게 홱 내던졌다.

"난 고등학생이 돼도 절대 알바 안 해!"

고등학생이 되면 가능한 한 알바를 해서 돈을 벌겠다고 마음 먹고 있었다. 그 돈은 내 용돈으로 쓰거나 차곡차곡 저축할 수 있을 줄 알았다.

그런데 내게는 그런 자유조차 없는 것이다. 진로를 선택할 자유도…….

수급자 자녀도 고등학교까지는 무료로 다닐 수 있다.

"옛날에는 중학교만 졸업하고 일하는 경우가 많았어. 지금은 제도가 알차서 나라에서 이 정도까지 지원해 주는 거지."

복지사는 자랑하듯이 그렇게 생색을 냈지만, "그럼 대학은 요?" 하고 묻자 피식 웃으며 단호하게 말했다.

"거기까지는 돈이 안 나와."

"그럼 고등학교까지만 나온단 거예요?"

"으음. 뭐, 기본적으로 수급자 가정의 자녀는 고등학교를 졸업하면 일할 능력이 있다고 인정되니까. 나라에서는 일할 능력이 있는 사람은 일하길 바라는 거지."

역시 그렇구나. 예상했던 대답이지만 가슴에 구멍이 뻥 뚫리는 기분이었다. 나도 내 나름대로 꿈 같은 게 있는데. 하지만 수급자 가정의 자녀는 고등학교를 졸업하면 곧바로 일해야 하는 모양이었다.

대학에 진학하겠다거나 이런 직업을 갖고 싶다고 희망하는 건 사치다. 엄마와 나쓰키를 돌보면서 고등학교를 가까스로 졸업해야 한다. 그리고 어디든 묻지도 따지지도 말고 뽑아 주는 곳을 찾아 취직해야 한다.

우리는 모두가 내는 세금으로 부양받는 처지니까.

지금, 화장실 거울 앞에서 깔깔거리면서 머리를 빗고 있는 여자애 둘.

내 또래로 보이는 그 애들의 등짝을 잠자코 바라본다.

그래요, 사치예요. 고등학교를 졸업시켜 주는 것만으로도 감지덕지하면서 살아야죠. 장래의 꿈 같은 걸 가슴에 품을 처지가 아닌 거죠?

전에 텔레비전에서 굶어 죽은 사람의 뉴스를 본 적이 있다. 돈이라곤 한 푼도 남지 않아 수도와 가스와 전기마저 끊긴 집에서 죽어 간 사람의 이야기를.

그 사람은 기초 생활 수급비를 신청하러 갔다가 '스스로 일해서 어떻게든 살아라ー.'라고 매몰차게 거절당했다고 한다. 좌절감에 더는 아무에게도 도움을 청하지 못하고, 공원에서 물을 떠다 먹으며 연명하다가 결국 영양실조로 죽었다는 것이다.

그에 비하면 우리는 확실하게 보호를 받으며 살고 있는 거다. 사이토네 가족이 부러워할 정도로.

두 봉지에 45엔 하는 콩나물, 반값으로 떨어진 식빵, 세일하는 돼지 뒷다리살.

며칠 전에는 폭탄 세일 중인 레토르트 카레도 발견했다. 한 봉지에 무려 58엔!

밥을 굶지도 않고 병원에 갈 수도 있다. 전기 요금 걱정에 좀처럼 틀지는 않지만 에어컨도 있고……. 뭐, 수도도 전기도 가스도 잘 나온다.

　고맙습니다, 고맙습니다.

　주문처럼 그렇게 중얼거려 보니 오히려 마음이 싸늘해진다. 이건 주문이 아니라 저주다. 가난한 사람을 얌전히 있게 만드는 저주.

　쏴아, 칸막이 안에서 물 내려가는 소리가 났다. 문을 막고 있던 발부리를 떼자 나쓰키가 밖으로 나왔다.

　"언니, 언니! 나 혼자서, 물 쏴아 했어."

　"와아, 대단한걸."

　거울 앞에 있는 두 여자애들 사이로 무리하게 비집고 들어가서 나쓰키에게 손을 씻게 했다. 쏴아쏴아 물보라가 튀자 두 여자애가 뒤로 물러섰다.

　"가자, 나쓰키."

　"응!"

　그 차갑고 자그마한 손을 잡고 계단을 내려갔다.

　식품 매장에서 특가 세일하는 닭가슴살과 한 알에 30엔 하는 양파를 사 왔다. 오늘은 그걸로 해시라이스를 만들 거다. 엄마는 오늘도 누워 있었다. 슬머시 우리를 돌아보더니 가냘픈 목소리로 "미안해."라고 말했다.

식탁 위에 신경정신과에서 받아 온 약이 흩어져 있었다. 약이 또 바뀌었나. 온갖 약을 먹는데도 별 차도가 없었다. 계속 그저 그런 상태다.

나쓰키를 목욕시키고, 피부염이 생긴 곳에 약을 발라 줬다. 해시라이스를 만들어 나쓰키와 둘이서 이른 저녁을 먹고 나자 여섯 시가 넘었다. 할 일을 다 했으니 이제부터는 내 시간이다. 방에 널어놓은 빨래가 유령처럼 보이는 이 누더기 다세대 주택에서 얼른 도망치고 싶다.

전에 널어 둔 빨래에 곰팡이가 핀 적이 있다. 왜 이렇게 눅눅한 거야. 이래서 곰팡이 균이 증식하는 거라고. 나쓰키의 아토피 피부염도 그 때문이 아닐까? 이유를 알아도 습기 없는 집으로 이사하는 건 언감생심이다. 돈이 문제인 거다.

"나도 갈래."

나쓰키가 칭얼거려서 모른 척했다.

죽은 아빠가 예언했듯 나는 상당히 터프한 여자애가 됐다. 덕분에 이만큼 해낼 수 있는 거다.

버티는 데까지 버티면서 하루하루를 살아 내고 있다고. 그러니까 날 여기서 해방시켜 줘. 안 그러면 나는 지금 당장 악마에게 영혼을 팔지도 몰라.

현관에서 운동화를 신고 있자니, "오늘도 나가니?"라고 불안과 불만이 섞인 엄마 목소리가 들렸다. 요즘은 주구장창 보풀투성이 폴라 플리스 한 벌만 입는다. 옷이라도 좀 갈아입지.

"미안하다고는 생각해……. 내가 이 꼴이라 너를 고생시키는 거 아니까. 나도 어떻게든 병을 고치고 싶긴 하지. 건강해지고 싶어. 근데 나 스스로는 할 수 있는 게 없어."

또 시작이다. 끝도 없는 신세타령.

"머릿속이 '틀렸어, 이제 다 틀렸어.' 하는 부정적인 생각으로 가득 찼어. '나 같은 건 없는 게 나아.' 그렇게 소리치고 싶어져."

들리지 않는 척했다.

제발 그 우울하고 어두운 기운 좀 나에게 발산하지 마!

"그런데도 그걸 견디고 있어. 엄만 소리치고 싶은 걸 참는 거야. 죽고 싶다는 말은 너희한테 해선 안 되니까. 병도 있잖니? 널 고생시키고 있는 건 맞지만 이렇게 견디고 있으니까 칭찬 좀 해 주면 안 될까?"

나는 하도 기가 막혀 속으로 '헐!' 하고 소리쳤다. 했잖아, 죽고 싶다고. 방금 말했잖아. 그러고도 칭찬해 달래? 바보야? 모자란 사람이냐고!

그렇게 빽 소리치고 싶었으나 어금니만 꽉 깨물었다. 전에 그런 말을 들은 내가 욱해서 게거품을 물었더니, 우울증이 심해져서 수면제를 한꺼번에 잔뜩 먹고는 사흘쯤 비몽사몽 상태였다. 그때 무지 골치 아팠던 생각이 나서였다.

병이다. 엄마는 환자다. 말씨름해 봐야 시간 낭비일 뿐이다.

말없이 팔을 뒤로 돌려 현관문을 닫았다.

텔레비전에서 흘러나오는 어린이 프로그램 소리도, 퀴퀴한 집 냄새도, 엄마의 울음 섞인 투정도 차단됐다. 나는 가슴 가득 바깥 공기를 들이마셨다.

나의 소소한 자유다.

평소처럼 카페 안식처로 향했다. 거기 가면 카페오레 정도는 공짜로 마실 수 있고, 뒹굴뒹굴하면서 만화책을 읽을 수 있다. 설거지를 하거나 음식을 그릇에 담거나, 그런 소소한 일을 거드는 것도 즐겁다.

전에 목적지도 없이 밤거리를 떠돌다가 꽤 잘생긴 남자에게 작업당한 적이 있다. 그 남자는 만 엔짜리 지폐 석 장을 쫘악 펴 보이며 "이거면 돼?"라고 속삭였다. 나란히 늘어선 후쿠자와 유키치(일본 근대화의 아버지라 불리는 인물로, 만 엔짜리 지폐에 초상화가 담겨 있다.―옮긴이) 셋이 내 머리를 마비시켰다.

"오, 이쓰키 아니냐? 뭐 하는 거야, 이 시간에."

그때 카페 주인아저씨가 말을 건네지 않았더라면 아마 나는 그 남자를 따라갔을 거다. 아저씨는 내가 초등학교 5학년 때까지 뛰었던 소년 야구팀의 코치였다.

공을 높이 들어 올렸다가 휙 던진다.

슈욱, 퍽.

아저씨의 미트 속으로 공이 빨려 들어간다.

"잘했다, 이쓰키. 어깨가 아주 좋아!"

파란 하늘, 흙냄새, 멤버들의 구령 소리, 기분 좋은 바람.

슈욱, 퍽.

슈욱, 퍽!

아득한 기억 속의 소리가 나를 제정신으로 되돌려 놓았다.

그때부터 자주 카페 안식처에서 시간을 보내고 있다. 아오조라 학원을 그만둔 뒤로 아벨과 함께 그곳을 찾는 날이 많아졌다. 아저씨는 겉으로는 못마땅한 듯 투덜거리지만 우리를 굳이 내쫓지 않았다.

참, 잊을 뻔했다. 오늘은 그 애가 아벨에게 공부를 가르치러 오는 날이다.

아차. 아벨이 말을 못 한다는 걸 미리 알려 줬어야 하는데 깜빡했다.

카페 문을 열자 문에 달린 방울이 울렸다. 카우벨이라고 한단다. 소의 목에 다는 방울. 딸랑딸랑 카랑카랑, 맹한 소리를 내었다. 카운터 너머에서 커피를 내리던 아저씨가 반가운 얼굴로 돌아보았다. 손가락으로 콕콕 찌르듯 2층을 가리켰다.

가파른 계단을 올라가서 문을 열자 남자애 둘이 상 옆에 누워 있는 모습이 보였다. 그냥 누워 있는 게 아니라 자고 있었다.

아벨은 큰대자로 드러누워 쿠르릉쿠르릉 코를 골았다. 또 한 사람, 전학생 가즈마. 이쪽은 안경을 그대로 쓴 채 몸을 동그랗게 말고 옆으로 누워서 새근대고 있었다.

왠지 둘 다 잠든 얼굴이 묘하게 행복해 보였다. 상에는 빈 머그잔 두 개와 구운 떡을 쌌던 포장지가 어지러이 펼쳐져 있었다. 아벨의 공책과 필기구도 함께.

공책을 펼쳐 봤다.

아벨이 쓴 작은 글씨는 개미 무리가 춤추는 것 같았다.

6, 12, 18, 24, 30······
7, 14, 21, 28, 35······

첫 장은 구구단 복습이었다.

아벨은 느리긴 해도 구구단은 정확히 외웠다. 아오조라 학원 선생님이 곱셈과 나눗셈을 특별 과외해 준 덕분이다. 공책에 빨간 펜으로 빙글빙글 그려진 동그라미가 눈에 들어왔다. 초등학생이 좋아할 법한 유치할 정도로 커다란 동그라미다. 가즈마가 그려 준 건가.

다음 장에는 그 반대인 나눗셈.

9÷3, 24÷6, 73÷7······, 이런 식으로 서서히 어려워졌다. 마지막 문제는 나머지가 나오는 나눗셈이었다.

여기까지는 아벨도 그런대로 잘 풀었다. 다행이다. 아오조라 학원에서 배운 걸 정확히 기억하고 있는 거다. 또 커다란 동그라미가 그려져 있다.

하지만 다음 장부터 아벨은 전혀 풀지 못했다. 두 자릿수 나눗셈이었다.

$$83 \div 25$$

지우개로 얼마나 지워 댔는지 종이가 찢어졌다. '아깝다!'라는 빨간 글씨는 가즈마가 쓴 것일까. 다음 장에도 마찬가지로 큰 글씨로 계산한 식이 있고, '3과 5 손가락 숨기기', '대체로'라는 말이 쓰여 있었다.

맞아, 맞아. 어렴풋이 초등학교 때 이렇게 배웠던 기억이 났다.

그리고 또 몇 번이나 더 틀린 끝에 마침내 아벨이 답을 맞혔다.

$83 \div 25$의 몫은 3, 나머지는 8.

다시 커다란 동그라미가 힘차게 춤추었다.

가즈마는 아벨의 실수를 빨간 펜으로 꼬박꼬박 고쳐 주고 반복해서 가르치면서 정답으로 이끌어 가고 있었다.

얘, 끈기 하나는 진짜 끝내주네. 나 같으면 뚜껑 열려서 관뒀을 텐데.

맨 마지막 나눗셈은 $350 \div 120$이었다.

아벨은 몇 번이고, 몇 번이고, 몇 번이고, 몇 번이고 틀렸다. 하지만 결국 맨 마지막에 '2와 나머지 110'이라는 답에 이르렀고, 지금껏 받은 것 중에서 가장 큰 동그라미를 받았다.

공책의 글씨는 거기서 끝났다.

잘했어, 아벨. 세 자릿수 나눗셈을 할 수 있게 되다니, 정말 잘했어.

아벨은 외모와 다르게 성격이 소심해서 늘 쭈뼛거린다. 아오조라 학원에서 함께 공부했던, 같은 중학교에 다니던 녀석이 "이 자식, 진짜 바보야."라고 중얼거리는 걸 들은 적이 있었다.

"너, 학교에서도 그렇게 아벨을 괴롭히냐?"

내가 이렇게 말하며 매섭게 째려봤더니, 그 남자애는 허둥지둥 고개를 내저으며 두 손을 흔들었다.

"말도 안 돼요. 이렇게 덩치 큰 애를 무서워서 어떻게 괴롭혀요? 근데 어릴 때는 애들이 앞뒤 안 가리잖아요. 그래서 놀림 많이 당했던 거 같던데…… '블랙 대불(大佛)', 뭐 그렇게요. 아벨은 생긴 건 무섭게 생겼는데 실제로는 얌전하니까 더 많이 놀린 건지도 몰라요. 그래서 말을 안 하게 된 건가. 초등학교 4학년 땐가, 그때쯤부터 갑자기 말을 안 했대요."

역시 그렇구나. 어릴 때부터 바보 소리를 듣고, 외모까지 놀림을 받았으니 꽤 섬세한 구석이 있는 녀석이 마음을 다친 거다. 말하지 않게 된 이유를 아벨에게 직접 물어본 적은 없지만 묻지 않길 잘했다 싶었다.

"아벨, 열심히 공부했구나."

가만히 말을 건네자 아벨은 음냐 음냐 입맛 다시듯 입을 움직이더니 그대로 옆으로 돌아누워 몸을 둥글게 말았다. 그 옆에서 같은 자세로, 똑같이 행복한 얼굴로 자고 있는 가즈마.

"야, 일어나."

어깨를 흔들어 봤다.

"엇?"

가즈마는 소스라치며 번쩍 눈을 떴다. 그러더니 벌떡 일어나 틀어진 안경을 고쳐 썼다.

낯빛이 어두워졌다.

"표정이 왜 그러냐?"

아, 그렇지. 겁을 먹을 만도 하다. 나는 이 애의 비밀을 무기로 협박해서 강제로 여기에 오게 했다. 그래서 아까 잠든 얼굴이 행복해 보이는 게 이상했던 거다.

"아벨한테……, 나눗셈을 가르쳤어."

가즈마가 나직한 목소리로 설명했다.

"힘들었지만 세 자릿수 나눗셈까지 나갔어."

"아, 그래."

"아벨은 착한 애야."

가즈마가 아벨의 잠든 얼굴을 바라보며 조용히 말했다.

"그래, 좀 바보 같긴 하지만."

"아벨한테는 바보라고 하지 마. 그 말은 사람한테 상처를 줘."

"흐응……, 너도 그런 걸 다 아는구나."

"나도……, 많이 힘들었으니까."

"흐응—."

나는 좀 싸늘한 기분으로 가즈마를 봤다.

"엘리트 중학교에서 쫓거나 공립 중학교로 온 것 땜에? 그딴 게 뭐가 힘들어? 부잣집 왕자님 입에서 힘들단 말이 나오면 안 되지!"

가즈마의 뺨이, 아니 귀까지 확 빨개졌다.

잠시 말이 없었다. 입술을 삐죽 내밀고 있었다.

"약해 빠진 거지."

좀 더 기분 나쁘게 해 줄 생각으로 몇 마디 더 보탰다.

"넌 어쨌거나 부자 동네에 살잖아? 돈도 있고 머리도 좋아. 여기 공책만 봐도 알겠는데, 멍청한 사람은 이런 식으로 가르치지 못하거든? 뭐든 다 갖고 있잖아. 그렇게 쉽게 힘들단 말 하지 마, 이 바보야."

"……머, 머, 머리 좋다고 해 놓고는 바보라니, 그런 모순적인 말은 하지 말아 줘."

"진짜 이 왕자님이 누구한테 이래라저래라야!"

"그 말도 취소해 주면 좋겠어. 나, 나는 그런 말을 듣는 게 제일 싫어."

"사실인데 뭘. 너, 돈에 쪼들려 본 적 있어?"

몰아붙이는 내게 기가 눌렸는지 가즈마는 아무 대답도 하지 못했다. 나에게서 눈을 돌리고 우물쭈물했다.

"가난은……, 모르긴 해."

"거봐."

"그야……, 딱하다고는 생각해."

"뭐어?"

피가 머리로 확 솟구쳤다.

"누가 너더러 딱하게 여겨 달래! 그렇게 내려다보는 시선으로 동정하지 말라고. 지금 우릴 깔보는 거냐!"

"그, 그, 그, 그렇지 않아! 깔보다니, 말도 안 돼."

"아니, 깔보고 있어. 너, 속으로는 틀림없이 가난한 사람을 경멸하고 있다고. 그래서 싫은 거야, 부잣집 왕자님은!"

"제발 그 말은 쓰지 말아 줘."

가즈마도 울상이 된 채 소리쳤다.

"그럼, 내가 어떻게 하면 돼? 너는 무조건 싸우려고 들잖아. 내가 무슨 말을 해도 어차피 네 마음에는 안 들잖아? 내가 가난하고 멍청하다면 네 마음에 들까?"

"인석들……, 왜 그렇게 버럭버럭 소리를 지르고 그래!"

문이 열리면서 아저씨가 잔뜩 찡그린 얼굴을 들이밀었다.

"아래까지 들리잖아. 요것들을 다 내쫓아 버릴까 보다! 저거

봐, 아벨도 무서워하잖아."

잠에서 깬 아벨이 나와 가즈마를 번갈아 보고 있었다.

흠칫흠칫 눈치를 보고 후앙후앙 거친 콧김을 내뿜으며 뙤록뙤록 눈동자를 굴리면서.

그런 아벨을 보고 가즈마는 아차 싶었던지 입을 다물었다.

나도 잠자코 아벨의 커다란 등짝을 팡팡 때렸다.

풉, 하고 아저씨가 웃음을 터뜨렸다.

"너희 말야, 꼭 애 앞에서 부부 싸움하는 거 같다."

가즈마

건너편 강가

부부라니, 무슨 말도 안 되는 소리야!

카페 안식처에서 돌아오는 길에 나는 씩씩대며 걸음을 옮겼다.

내가 왜 이쓰키에게 그렇게 야단맞아야 하지? 왜 호통을 들어야 하는 거냐고!

생각 좀 해 보라고. 나는 그 애한테 협박받고 강제로 아벨에게 공부를 가르치는 신세인데. 더구나 그 약속을 지키고 있는 사람에게 고생을 모른다느니, 왕자님 같다느니, 사람을 깔본다느니 하면서 길길이 날뛰고 말이지.

정말이지 불합리하다. 부조리한 것도 정도가 있는 거야.

그러나 아벨의 뛰록거리는 눈동자와 프렌치 불도그처럼 내뿜는 콧김을 떠올리자 왠지 마음이 푸근해졌다.

아벨은 믿기 어려울 정도로 기초가 되어 있지 않았다. 초등학교 3~4학년 수준에도 훨씬 못 미쳤다. 스스로를 향해 '바보야.'라고 공책에 써서 내게 보여 준 그 심정도 이해가 되었다.

하지만 아벨은 내가 하는 말에 귀 기울이며 집중했다.

처음 보는 나의 무엇에 공감했는지 모르겠지만 나를 받아들여 줬다.

툭, 샤프심 부러지는 소리. 스윽스윽, 지우개로 지우는 소리. 찌이익, 공책 찢어지는 소리. 힘이 드는지 얼굴을 찡그리는 아벨.

한계인가 싶었을 때, 주인아저씨가 들고 온 따뜻한 우유와 떡.

"오오, 아벨! 공부하는 거냐! 학생, 능력자일세!"

그러고는 나와 아벨의 등을 툭툭 치고 아래층으로 내려갔다.

둘이서 따뜻한 우유와 떡을 먹고 나자 기운이 좀 났다. 다시 나눗셈에 매달렸다. 그리고 오랜 씨름 끝에 아벨은 마침내 세 자릿수 나눗셈을 푸는 데 성공했다.

"해냈어! 아벨, 해냈어!"

아벨이 적은 답에 큼직하게 동그라미를 그려 주자 아벨은 힘든 시합을 마친 권투 선수처럼 헤실헤실 웃었다. 그리고 힘이 쏙 빠졌는지 눕자마자 쿨쿨 잠이 들어 버렸다.

나도 뭐라 말로 표현하기 힘든 성취감에 젖어 그 옆에서 뒹굴뒹굴했다.

생각해 보면, 그곳은 내가 소요중학교에서 잘리고 마음 둘 곳을 잃었을 때 우연찮게 다다른 곳이다.

카페 안식처.

비아냥 섞인 이름이라고 생각했는데 그 편안함은 뭐였을까.

똑딱똑딱, 해묵은 시계 소리.

거스러미가 일어난 다다미에서 풍기는 먼지내도 좋았지.

떡이 위에서 소화되면서 새어 나온 트림마저도 행복한 기분에 젖게 했다.

그러다 어느새 기분 좋게 잠이 들고 말았다.

이쓰키가 깨울 때까지 아벨과 함께 자고 있었던 모양이다.

또다시 억지 부리며 소리치던 그 애의 목소리가 떠올라서 나도 모르게 얼굴이 찌푸려졌다. 아저씨가 잊으라고 했던 그 말도 떠올랐다.

'이쓰키네는 기초 생활 수급자 가정이야.'

기초 생활 수급 제도라는 것을 들어 본 적은 있어도 실제로 그 혜택을 받고 있는 사람을 직접 만난 건 처음이었다. 물론 기초 생활 수급자라고 부러 말하고 다니는 사람은 거의 없을 테니 모를 수밖에 없겠지만.

아무튼 그 애는 나와는 다르게 돈 걱정을 하면서 사는 모양이다. 그렇다고 그 스트레스를 내게 쏟아 내는 것은 잘못됐다.

사립 중학교에서 전학 왔다는 사실 하나로, 유복해 보인다는 이미지만으로 내가 아무런 고생 없이 살아갈 거라고 오해하는 것도 어처구니없었다.

내가 지금껏 어떻게 살아왔는지 네가 알기나 해?

한창 뛰어놀 나이부터 코피 쏟아 가며 공부했어. 그렇게 죽기 살기로 공부해서 간신히 들어간 중학교에서는 잘렸어, 공부를 못 따라가서. 그 심정을 네가 알아? 그 실패를 만회하려면 다시 피 터지게 공부해서 반드시 최상위권 고등학교에 합격해야 돼. 그런 압박감을 네가 이해나 하겠냐고?

너와 나 사이에는 넓고 깊은 강이 흐르는 게 분명해. 그 강에 다리를 놓는 게 좋을지도 모르지. 하지만 다짜고짜 시비조로 나오는 건너편 강가로 왜 굳이 건너가야 하는지, 나는 그 필요성을 잘 모르겠다.

"어……? 혹시, 가즈망?"

별안간 뒤에서 부르는 소리에 놀라 돌아봤다.

"아, 가즈망 맞네!"

눈을 크게 뜨고 껌뻑거리면서 쳐다보는 남자애를 보고 나는 얼떨결에 뒷걸음치고 말았다.

소요중학교 때 같은 반이었던 사쿠라다였다. 그 애가 다니는 피아노 학원이 이 근처 어디라고 했던 게 어렴풋이 기억났다.

"오랜만이야! 잘 지내지?"

사쿠라다는 성큼성큼 다가오더니 주저 없이 내 손을 잡고 흔들어 댔다. 브뤼셀에서 태어나 보스턴에서 초등학교를 다녔다는 그 애는 서양 사람처럼 몸짓이 과장스러웠다.

"교복 입은 거 처음 봤는데……, 잘 어울린다."

아차 싶었다. 오늘은 아직 집에 들르지 못했으니 당연히 교복 차림이다. 다른 학교 교복을 입은 건 정말 보이기 싫었는데.

나는 할 말을 잃은 채 고개를 수그렸고, 그런 나를 그 애는 해맑은 눈으로 바라봤다.

"가쿠란(검은색 차이나 칼라에 단추만 박혀 있는 남학생 교복.―옮긴이) 멋진데. 일본에만 있는 교복이지?"

응응, 하고 고개를 끄덕였다.

"어때? 환경이 바뀌니까 힘들어?"

"아, 응. 뭐……."

애매하게 말끝을 흐리면서도 사쿠라다의 그 천진난만함이 부러웠다.

사쿠라다는 언제나 이런 식으로 사람의 눈을 똑바로 응시하는 녀석이었다.

외국에서 살다 와서 영어를 자유자재로 구사하는 데다 딱히 노력하는 것 같지 않은데도 전 과목 점수가 평균을 가뿐히 넘겼다. 거기다 피아노 실력도 수준급이었다. 학교 축제 때 연주라도 하면 구경하는 어머니들과 타 학교 여학생들이 꺄악꺄악 소리를 지르면서 난리 법석을 떨었다. 그리고 나처럼 밑바닥에 있는 별 볼 일 없는 애들에게도 스스럼없이 친절하게 대했다.

"학원 갔다 오는 길인가 본데?"

"……응."

영 틀린 말은 아니었다. 내가 배우는 것이 아니라 남을 가르치고 오는 길이지만. 그것도 같은 반 여자애에게 소요중학교에서 잘린 걸 폭로하지 않겠다는 조건으로 강요당한 거고. 이런 사정을 알고 나면 사쿠라다의 저 티 없이 맑은 눈동자도 흐려질까.

"그렇구나……. 가즈망, 힘내!"

사쿠라다는 내 오른손을 그대로 잡은 채 다른 손으로 다정하게 어깨를 툭툭 쳤다.

"괜찮아. 가즈망, 너 노력형이잖아. 우리 학교와 맞지 않았을 뿐이야. 정말 괜찮을 거야!"

괜찮다니, 뭐가?

나는 되묻고 싶었다. 뭐가, 어떻게 괜찮다는 거야? 그리고 이 살가운 몸짓과 시선은 뭐지?

나는 반사적으로 사쿠라다의 손을 뿌리쳤다. 그 애는 약간 당황한 표정을 짓더니, 여전히 자애로움이 가득한 눈으로 나를 바라보았다.

'동정하지 말라고.'

나는 소리치고 싶었다. 너, 몰라? 너의 그런 천진난만함과 해맑은 눈동자에 내가 얼마나 상처받는지.

알아, 내가 나쁘다는 거. 너의 훈훈한 마음을 받아들이지 못하는, 속이 배배 꼬인 내가 나빠. 그래서 더 힘들어.

나보다 뛰어난 사람, 좋은 환경에 둘러싸인 사람, 행복해 보이는 사람.

그들을 순수하게 존경하거나 동경하면 될 텐데……. 부러워하고 질투하지. 나란 인간은 얼마나 옹졸한가. 그런 나 자신이 한심해. 그래서 더 못 견디겠는 거야.

"……미안. 좀 급한 일이 있어서."

"아, 그래. 나도 모르게 붙잡고 있었네. 미안해. 학교 축제 때 놀러 와! 잘 가!"

사쿠라다는 한없이 맑은 눈으로 나를 향해 손을 흔들었다. 저 녀석은 정말로 내가 쫓겨난 학교의 축제에 갈 거라고 생각하는 걸까, 진심으로? 사쿠라다에게서 도망치듯 걸으면서 나는 아까 이쓰키가 내질렀던 말을 떠올렸다.

'내려다보는 시선으로 동정하지 말라고. 지금 우릴 깔보는 거냐!'

그렇구나.

너에게 나란 존재는 나에게 사쿠라다일 수도 있겠구나.

내게 없는 것을 다 가지고 있으면서 천진하게 웃는 사람, 자신도 모르게 무의식적으로 타인을 동정하는 사람.

동정하는 자는 자신이 풍기는 냄새를 알아차리지 못한다.

동정받는 자만이 그 냄새를 맡을 수 있다.

학교에서 이쓰키를 만날까 봐 두려웠다. 분명 나를 찌르듯이 째려볼 것이다.

뜻하지 않게 가난한 사람들에 대한 내 의식을 드러내고 말았다. 동정심뿐 아니라 혐오감까지 품고 있다는 걸 이쓰키는 분명 눈치챘을 것이다.

사과하자고 생각했다.

그 애는 내 비밀을 쥐고 있다. 비위를 거스를까 봐 무섭다. 뭐니 뭐니 해도 신변의 안전을 꾀하는 것이 중요하다.

"저어……."

오늘도 나른한 얼굴로 등교한 이쓰키에게 말을 걸자 그 애는 피곤한 눈으로 나를 봤다.

"어어……."

버벅거리는 내게서 흥미 없다는 듯 시선을 돌리더니, "다음 주에도 와라." 그렇게 조그맣게 속삭이고는 책상 위에 엎드렸다. 아무래도 걱정했던 만큼 나에 대한 악의가 깊지는 않은 것 같아서 마음이 놓였다.

"이쓰키……, 오늘도 피곤한 거야?"

시로타 에마가 이쓰키의 책상에 다가가 말을 걸었다.

오늘도 도톰한 입술은 분홍빛으로 빛나고, 머리칼은 반질반질

윤기가 흘렀다.

"늦지 않게 어린이집에 데려다줬어?"

"시끄러."

이쓰키는 파리를 쫓듯 손을 휘둘렀다.

"뭐야? 이쓰키, 왜 그렇게 태도가 불량해? 에마는 걱정돼서 그러는데."

"걱정 같은 거 필요 없거든. 그건 그렇고, 스스로를 에마라고 부르는 짓 좀 그만두지."

"내 맘이다, 뭐."

또 둘 사이에 불온한 공기가 감돌기 시작했다. 그러나 나는 알 수 있었다. 다른 여자애들은 왠지 이쓰키를 무서워하고 피하면서 꼭 필요할 때만 어쩔 수 없이 다가가지만, 에마는 진짜로 친밀감을 가지고 있다는 걸.

티격태격해도 에마만이 이쓰키와 친한 사이일지도 모르겠다.

그건 그렇고, 누굴 어린이집에 데려다준다는 거지?

"저어, 에마."

그날 하굣길.

나는 단단히 마음먹고 혼자서 계단을 빗자루로 쓸고 있는 에마에게 말을 건넸다.

"왜?"

"혹시, 이쓰키랑 친해?"

"으음."

그 애는 오른쪽 집게손가락을 볼에 대고 천장을 올려다봤다.

"같은 초등학교를 다녔는데, 그땐 꽤 친했어. 에마는 지금도 이쓰키를 싫어하지 않아. 그치만 이쓰키는 아닐지도……. 근데 왜 그런 걸 물어?"

"아, 그게, 어린이집 어쩌고저쩌고해서."

"아, 그거. 이쓰키는 아픈 엄마 대신 동생을 어린이집에 데려다주고 데려오고 그래."

"아, 아, 중학생이 그런 걸……."

"어쩔 수 없어. 엄마 대신 밥도 짓고 집안일도 다 할걸? 에마도 뭐든 힘을 보태고 싶은데, 막 짜증내면서 시끄럽다잖아."

"그렇구나. 아버지는 뭐 하시는데? 엄마 병은 심각한 거야?"

"아빠는 5학년 때 돌아가셨고……. 으음, 아는 건 많은데 어디까지 말해야 할지 모르겠네. 남의 사생활이잖아."

"그, 그, 그렇지. 미안."

나는 의외로 정확한 에마의 판단력에 부끄러워졌다. 그 말이 맞다. 남의 사생활에 관여해서는 안 된다. 보기와 달리 에마는 상식적인 애였다.

"가즈마, 근데 말야. 그렇게 알고 싶어 하는 거 보니까……. 혹시, 혹시 해서 말인데……, 이쓰키를 좋아하는 거?"

"서, 서, 설마. 그냥 궁금했을 뿐이야……. 다른 마음은 없어!"

"흐으웅, 그렇구나……. 전부터 느낀 건데, 가즈마 너한테서 엄청 똑똑한 냄새가 난단 말이야."

그러고는 내게 얼굴을 가까이 들이대고 킁킁 냄새 맡는 시늉을 했다.

"있지, 이쓰키의 사생활은 말해 줄 수 없지만, 만약 에마랑 데이트해 주면 얘기해 줄 수도 있는데."

"아, 아, 아……. 저, 저, 저어……."

당황해서 뒤로 물러나다가 계단에 발꿈치를 부딪히는 바람에 뒤로 넘어져 엉덩방아를 찧고 말았다.

"웬일이야, 괜찮아? 농담이야, 농담!"

키득키득 웃고 있는 그 애의 목소리를 들으면서 나는 허둥지둥 도망치기 시작했다.

잠깐이지만 '상식적인 애'라고 생각한 게 잘못이었다. 그리고 농담이라는 말에 실망하는 나 자신이 부끄러웠다.

좋아하는 거 아니냐는 말도, "꼭 애 앞에서 부부 싸움하는 거 같다."는 말도 사실과 전혀 다르다.

나에게 이쓰키는 어디까지나 '내 비밀을 쥐고 있는 사람'으로 공포의 대상이지 호감은 눈곱만큼도 가지고 있지 않다.

이쓰키가 살고 있다는 '가난한 세계'에 대해서 나는 아무것도 모르고, 설령 안다고 해도 내가 할 수 있는 건 아무것도 없다.

그런데도 나는 교실에서 이쓰키의 모습을 흘끗흘끗 훔쳐보게 된다.

교실에서의 이쓰키는 대개 짜증스럽고 나른해 보인다. 수업 시간에는 거의 자거나, 멍하니 창밖을 내다보고 있는 걸로 봐서 수업을 제대로 듣는 것 같지도 않다. 내년이면 고등학생인데 저렇게 의욕이 없어서 어쩌겠다는 건지.

내가 알고 있는 이쓰키에 대한 정보는 다음과 같다.

아버지는 돌아가셨고, 엄마는 아프고, 기초 생활 수급비를 받아 생활하고 있으며, 어린 여동생을 돌보면서 집안일까지 도맡아 하고 있다.

불량한 태도에 거친 말투⋯⋯. 하지만 동생을 어린이집에 등하원시킨다는 것을 보면 그렇게까지 질 나쁜 애는 아닐지도 모른다. 또 나를 협박해서 아벨에게 공부를 가르치게 한 것도 생각해 보면 정작 자신에게는 아무런 이득도 없다. 동생뿐 아니라 아벨까지 돌봐 주는 건가?

'에마는 지금도 이쓰키를 싫어하지 않아.'

에마는 그렇게 말했다. 이쓰키는 대체 어떤 사람인가. 에마가 아는 초등학교 때의 이쓰키는 어떤 아이였을까.

화요일.

나는 또 아벨에게 공부를 가르치러 카페 안식처에 갔다.

"오, 머리 좋은 소년. 잘 왔어!"

아저씨는 오늘도 나를 환영하며 등짝을 팡팡 때렸다. 먼저 와서 기다리고 있던 아벨에게 지난 시간에 공부했던 나눗셈을 복습시키고, 이어서 분수 계산법을 가르쳤다.

아벨은 오늘도 깡똥하게 짧은, 색 바랜 운동복 차림이었다. 그리고 분수 계산하는 걸 막막해했다. 분모가 같은 문제는 풀었지만 다른 것은 손도 못 댔다. 아예 '통분'의 뜻조차 몰랐다. '약분'도 마찬가지였다.

기초부터 가르쳐 준 뒤 문제를 내고는 답을 맞출 때마다 동그라미를 그려 주었다. 아저씨가 이번에는 아이스 카페오레와 치즈 케이크를 들고 올라와서 "가르치는 실력이 끝내주는군." 하고 칭찬했다. 우리는 간식을 먹고 다시 공부를 시작했다.

오늘 아벨은 도무지 집중을 못하고 샤프펜슬을 든 채로 계속 다른 곳을 쳐다보았다. "피곤해?"라고 묻자 고개를 끄덕였다. 그러고는 공책에 삐뚤빼뚤 조그맣게, '이렇게 계속 공부하는 거 피곤해.'라고 쓰고는 한숨을 내쉬었다.

조금 전에 쉬었잖아. 아직 15분도 안 지났어⋯⋯. 그런 말은 삼키고 또 쉬기로 했다. 아벨은 목과 어깨를 빙글빙글 돌리더니 일어나서 몸을 옆으로, 뒤로 구부려 가며 스트레칭을 했다. 그러고는 후웅 하고 숨을 내쉬고 나서 상 앞에 앉았다.

"괜찮아? 계속할 수 있겠어?"

'다시 열심히 해 볼게.'

"오케이. 열심히 해 보자!"

그렇게 아벨이 힘들어 할 때마다 격려해 주면서 공부를 이어 나갔다.

6시가 지나자 아벨은 혼이 쏙 빠져나간 것처럼 녹초가 되어 지난번과 마찬가지로 잠이 들어 버렸다. 하지만 분모가 다른 분수의 덧셈은 정답률이 조금 올라갔다.

쿨쿨 자는 아벨을 보고 있으니 다시 마음이 푸근해졌다.

해묵은 시계의 초침 소리와 오래된 다다미 냄새. 아래층 카페에 손님이 드나들 때마다 딸랑딸랑 울리는 방울 소리─아마도 카우벨이겠지?─도 요전 날과 마찬가지로 느낌이 좋았다.

나는 생각했다. 지금 나는 이곳에서, 아벨에게 치유를 받고 있다고.

너무도 뜻밖이지만 그렇게 생각했다.

아벨의 갈색 얼굴과 펑퍼짐한 코, 후웅후웅 내뿜는 프렌치 불도그 같은 숨소리.

이 치유받는 느낌은 어디서 오는 건가. 왠지 조금 걱정이 되었다. 얼마 전에 이쓰키를 화나게 했던 것처럼, 나 자신도 알아차리지 못하는 '위에서 내려다보는' 동정심으로 아벨을 보면서 스스로 위안을 삼고 있지는 않은지.

주의 깊게 내 마음속을 들여다보았다.

아니다……. 그것과는 다른 무엇이 있다. 분명히 있다.

나는 순수하게 기뻤다.

나를 기다려 주는 곳이 있다는 것, 그리고 할 일이 있다는 것.

그것이 눈물 나게 기뻤다.

지난주에 나는 매실주를 보리차로 알고 잘못 마시는 바람에 취해서 육교 아래로 몸을 내밀고 있었다. 정확히는 기억나지 않지만 그때 내 등에 들러붙어 있던 것은 분명 일종의 절망이었다.

그런데 그것을 잊을 수 있는 잠시의 시간이 여기에 이렇게 존재한다는 것. 전혀 계획에 없었던, 예기치 않은 사건이었다. 더욱이 내가 혐오했던 '생활 수준이 낮은 가난한 사람'이 그 계기를 마련해 준 것이다. 정말로 뜻밖이다.

그런 생각을 하면서 아벨 옆에 드러누워 천장을 보고 있는데, 가게의 카우벨이 또 한 번 힘차게 울려 퍼졌다. 계단을 올라오는 발소리도 들렸다.

드르륵 미닫이문이 열리고 얼굴을 들이민 건 이쓰키였다.

불행의 잣대

미닫이문을 열었을 때, 쿨쿨 자고 있는 아벨과 그 옆에서 허둥지둥 일어나는 가즈마의 모습이 눈에 들어왔다.

오늘도 왔네. 저번 시간에 녀석의 "딱하다고는 생각해."라는 말에 열 받아서 마구 쏘아붙여 줬기 때문에 다시는 오지 않을 줄 알았는데.

"어, 왔네."

"다음 주에도 오라고 한 건 너였는데."

가즈마의 얼굴에 살짝 당혹감이 떠올랐다.

생각해 보니, 학교에서 그런 말을 한 것도 같다.

요즘 왠지 피곤하고 머리도 멍해서 기억이 확실치는 않지만.

아, 싫다. 엄마 우울증이 나한테 옮으면 어쩌지?

"저어……, 안 와도 되는 거였어?"

가즈마가 조심스럽게 물었다.

"애초에 네가 '안 오면 비밀을 폭로하겠다.'고 해서 시작한 건데."

그랬다. 내가 강요했다.

상 위에 있는 아벨의 공책을 손에 들고 팔락팔락 넘겨 본다.

"오늘은 분수네."

"응, 통분도 약분도 모르더라."

"맙소사, 쟤 괜찮은 거냐?"

"괜찮은 건 아니지만……, 다행히 지금은 공부하려는 의욕이 보여."

"의욕? 아벨한테?"

"끈기는 없지만 의욕은 있어. 제 나름대로 안간힘을 쓰고 있는 중이지. 오늘도 분모가 다른 분수의 덧셈을 꽤 많이 연습했어."

나는 잠자코 공책을 넘겨 봤다. 수많은 동그라미가 공책 위에서 춤췄다.

아벨의 작은 글씨가 개미 행렬처럼 몇 장이고, 몇 장이고 이어지는 데에 새삼 놀랐다. 지난 시간에 이어 오늘도……. 대견하고 감탄스러웠다.

내가 아는 아벨은 집중력과 끈기가 거의 제로다. 그런 아벨에게 이만큼 공부를 하게 하는 가즈마의 재주가 놀라웠다.

"아벨은 열심히 하고 있어."

가즈마는 자기 일처럼 자랑스레 말하고는 잠든 아벨을 사랑스럽게 바라봤다.

"내가 생각해도 의외인데……, 기뻐."

"뭐어?"

"기쁘다고. 저어, 여기……."

네 평 남짓한 허름한 방을 흠칫흠칫 둘러보고는 희미하게 웃었다.

"안식처야, 정말."

"그야 '카페 안식처'니까 당연하지."

"아니, 그런 말이 아니라 마음이 편해지는 곳이라고 해야 하나. 이런 데가……, 그동안 없었어."

"전에 다니던 학교는 안 편했단 말?"

"글쎄……, 그렇기도 하고."

"흐음. 근데 너야 집에 돌아가면 번듯한 부모도 있고, 또 귀한 아들이잖아? 이런 거지 같은 데 아니어도 안식처는 얼마든지 있을 텐데? 여긴 나랑 아벨의 안식처야."

가즈마는 잠자코 있었다. 안경 속의 눈을 깜박거리며 입을 꾹 다문 채 나에게서 눈을 돌렸다.

"너한테……, 설명하긴 어려워. 우리 집 형편이 넉넉한 건 맞아. 돈에 쪼들려 본 적은 없어. 가족도 다 건강하고. 그렇다고……, 모든 게 다 잘 돌아가는 건 아니야. 이런 거 설명해 봐야 네 눈에는 어리광 부리는 걸로 보이겠지."

또 짜증이 올라온다. 나 따위는 이해할 수 없는 고충이 있다고 말하고 싶은 거야?

평소에는 꾹꾹 억누르는 짜증, 대체로 잘 숨긴 채 살아가는 짜증. 그것이 이 애 앞에서는 분수처럼 쏴아아 뿜어져 나온다.

너의 미지근한 괴로움과는 차원이 달라. 난, 난 말이지…….

"초등학교 5학년 때, 아빠가 빚더미와 엄마 배 속 아기만 남겨 두고 죽어 버렸어. 자, 너 같으면 어떨 거 같냐?"

가즈마가 얼굴을 들고 나를 보았다.

"기초 생활 수급비 받아서 근근이 살고 있어. 근데 그게 반 애들한테 알려졌네? '이득 보는 주제에 숨기는 건 뻔뻔하다. 수급비 받는 사람은 전부 기초 생활 수급자 티셔츠 입어!' 그런 말 들으면 어떨 거 같아?"

가즈마의 눈이 커졌다.

"엄마는 마음에 병이 들어서 아무것도 못 하고 누워만 있고, 집안일이고 동생 돌보는 거고 전부 다 내 몫. 거기다 엄마란 사람이 한다는 말이, 죽고 싶다고 소리치고 싶은 걸 참고 있으니까 칭찬해 달래. 그런 소리 들을 때의 기분이 어떨 거 같아?"

가즈마는 괴로운 듯이 시선을 떨어뜨렸다.

"나도 꿈이 있었어. 근데 수급자 가정의 자녀는 대학에 못 가. 고등학교 졸업하면, 일할 능력이 있는 걸로 간주돼서 취직해야 돼. 진로를 선택할 자유도, 장래를 꿈꿀 권리도 우리처럼 가난한 사람에겐 없어. 그런 건 어떻게 생각해?"

가즈마는 숨죽인 채 눈을 크게 뜨고 잠자코 있었다.

잘 봐. 세상에는 너 따위가 상상도 못 할 생활을 하는 사람이 있다고!

하지만 씁쓸한 생각도 치밀었다. 이런 속사정을 타인에게 다 털어놓다니. 왜 다 말해 버린 걸까. 그래 봐야 아무 소용도 없는데……. 얘는 기껏 동정이나 할 텐데.

"정말이야……?"

"뭐? 넌 내가 이런 얘기를 지어냈을 거 같냐?"

"아니. 수급자 자녀는 대학에 갈 수 없단 말. 그런 식으로 한 사람의 희망을 짓밟는 규제가 정말로 있어?"

"복지사가 말했으니까 맞겠지! 옛날 같으면 중졸로 일했대. 고등학교를 공짜로 다닐 수 있는 것만으로도 감지덕지하게 여겨라, 그런 눈치였어. 어쨌든 돈이 안 나온다니까 방법이 없는 거지."

"돈은……, 고등학교 때 알바를 해서 저축한다든가……."

"수급자 집 애들이 알바하면, 번 만큼 집에서 받는 수급비가 줄어든대. 결국 알바해서 번 돈은 생활비로 충당될 거고, 그럼 내 손에는 한 푼도 안 남겠지. 원래 수급비로 생활하는 집에는 저축이 허용되지 않아. 저금할 만큼 돈이 있으면 수급비 같은 건 받지 말란 거지."

"그건……."

가즈마는 말문이 막힌 채 잠시 아무 말도 하지 못했다.

"……그건 부조리해. 말이 안 된다고."

"어쩌겠냐, 그렇게 돼 있다는데."

"정말로, 그렇게 돼 있어? 저축도 대학 진학도 안 된다니. 그럼 공부할 마음도 안 날 거 아니냐? 뭔가 잘못됐어."

"그렇게 생각한다면 네가 어떻게 좀 해 주든가."

"아니, 그게……. 나 같은 중학생한테 그런 힘이 어디 있다고."

"그치? 어차피 아무것도 못 할 거면서, 입이나 다물어."

분위기가 다시 험악해지려는 순간에 아벨이 벌떡 일어났다. 부석부석해진 눈꺼풀을 손으로 북북 문지르더니 내가 와 있는 걸 보고 반가운 표정을 지었다.

그리고 상 위에 있던 공책을 자랑스레 펼쳐 보여 줬다.

여느 때처럼 말은 없지만 눈이 웃고 있었다.

"아, 봤어, 봤어. 아까 다 봤어. 아벨, 공부 되게 많이 했더라?"

아벨은 갈색 손가락 끝 흰 손톱을 들어 가즈마를 가리켰다.

"뭐?"

아벨은 답답했던지 입을 뻐끔뻐끔하다가 상 위에 있는 샤프펜슬을 쥐고 공책 여백에 오밀조밀 조그맣게 글씨를 썼다.

'이 선생님, 잘 가르쳐.'

"그래."

'이쓰키 누나처럼 화 안 내.'

"어우, 이게!"

머리를 탁 때려도 아벨은 피하지 않고 맞으면서 싱글벙글 웃었다.

가즈마가 공책을 자기 쪽으로 잡아당겨 방금 아벨이 쓴 걸 보고는 입을 삐죽였다. 뭐가 또 불만스러운가 싶어 자세히 보니 감동 먹은 얼굴이었다.

아벨이 미닫이문을 열고 계단을 내려갔다. 화장실에 가는 건가. 나와 가즈마 둘만 남았다.

"아벨은……."

가즈마가 조그맣게 중얼거렸다.

"목소리가 왜 나오지 않는 거지? 늘 왜 필담이야?"

"나도 몰라."

"저렇게 된 원인이 뭐야?"

"그러니까 나도 자세한 건 모른다고. 다만……."

"다만, 뭐?"

"쟤랑 같은 중학교 다니는 남자애 얘기로는 초등학교 4학년 때부터 갑자기 말을 안 했대. 보다시피 공부를 못하고, 외모도 눈에 확 띄잖아. 학교에서 놀림을 많이 받았나 봐……."

"저기, 그런 말야? 피부색도 놀림거리였다는?"

"그럼 아니겠냐? 거기다 집은 가난하지, 엄마는 쉬는 날 없이 일만 하지, 옷은 맨날 깡똥하게 작아진 것만 입잖아. 쟨 덩치만 컸지, 애가 순해서 누가 뭐라고 해도 대차게 맞받아치거나 거칠게 나가지를 못해. 세상 사람들은 말이야, 그런 약자를 괴롭히거든."

가즈마는 잠자코 손에 든 공책을 팔락팔락 넘겼다.

"나는……, 아벨의 목소리를 듣고 싶어."

가즈마의 눈길이 다시 방금 전에 아벨이 쓴 글자 위에 오래도록 머물렀다.

'이 선생님, 잘 가르쳐.'

"선생님이라고……, 난 이런 말 처음 들었어. 요즘 계속 난 이제 틀렸다고 생각했는데, 아벨이 나를 선생님이라고……. 쓰지 말고 소리 내서 말해 주면 훨씬 더 기쁠 텐데……."

깜짝 놀랐다. 가즈마가 눈물을 글썽이고 있었다.

술에 취해 육교 아래로 몸을 내밀고 있던 모습이 떠올랐다.

뒤에서 잡아끌어 땅바닥에 내동댕이치자 육교 위에 쓰러진 채로 울었다.

집도 부자고 머리도 좋은데 어리광 부리며 우는 애. 아무리 봐도 그렇게밖에 안 보이지만, 생각해 보니 나는 가즈마가 속한 세계를 잘 모른다. 이제껏 어떻게 살아왔으며 어떤 나날을 보냈는지, 나는 그들의 세계를 모른다.

그저 막연히 반감과 부러움을 품고 있을 뿐이다.

"얘들아!"

아래층에서 아저씨가 불렀다.

"지금 손님도 없고 해서 피자 토스트 좀 만들어 봤다. 아벨도 배고픈 것 같아서 말이지. 너희도 먹을 거지?"

"저는 괜찮습니다."

가즈마는 아래를 향해 소리치고는 필기도구를 가방에 챙겨 넣기 시작했다.

"아저씨가 저렇게까지 말씀하시는데 먹고 가지 그러냐? 배 안 고파?"

"아니, 배는 고픈데……. 집에는 도서관에서 공부하고 온다고 말했거든. 지금 여기서 뭘 먹으면 집에 가서 밥 못 먹어. 그럼 괜히 의심받을 거고. 얼른 가서 학원 숙제도 해야 돼."

"너, 머리 좋잖아. 그깟 학원 안 다녀도 고등학교 입시 정도는 누워서 떡 먹기 아냐?"

"일반고는 안 돼."

가즈마는 괴로운 얼굴로 후유, 하고 숨을 내쉬었다.

"아, 미안해. 또 잘난 척한다고 생각하지? 그게, 우리 부모님은 최상위권 학교가 아니면 인정하시지 않거든……. 어릴 때부터 나도 그런 사고에 길들여져서……, 많이 답답해. 그럼…….”

가즈마는 가방을 비스듬히 메고 동당동당 계단을 내려갔다.

교복 차림의 뒷모습을 바라보면서, 내가 저 애를 협박해서 가족에게 거짓말까지 하고 여기에 오게 했다는 걸 떠올렸다.

왠지 좀 켕겼다.

“왜 그래, 학생. 안 먹고 갈 거야?”

서운함이 묻어나는 아저씨의 목소리와 함께 카우벨 소리가 났다. 기어이 돌아간 걸까.

“맘먹고 만들었더니……. 야야, 이쓰키! 넌 먹을 거냐?”

“먹을게요.”

아까 떨이로 산 돈가스를 올려 만든 덮밥을 나쓰키와 나누어 먹고 온 터라 아직도 배가 불렀다.

하지만 배고픔을 참고 집에 간 가즈마 몫의 피자 토스트를 내가 대신 먹어야 할 것 같은, 왠지 그런 기분이 들었다.

계단을 내려가자 치즈와 커피 향이 뒤섞여 가게 안을 떠돌았다. 아벨은 오븐 토스터 안을 열심히 들여다보면서 피자 토스트가 구워지기를 기다렸다. 아저씨는 카운터 안쪽에서 커피를 내리고 있었다. 학 모가지 같은 가느다란 주둥이가 달린 은색 주전자로 천 필터에 뜨거운 물을 붓는 중이었다. 고소한 커피 향이 퍼졌다.

“우유 듬뿍 넣은 카페오레지?”

아저씨가 나를 본다.

"일반 커피로 주세요. 우유는 조금만요."

"안 돼. 어린애가 이 시간에 커피 마시면 잠 못 자."

"어린애 아닌데……."

"어, 린, 애, 야."

나는 잠자코 있었다.

단정적으로 '어린애' 취급을 받으면 화가 나면서도 왠지 모르게 마음이 놓이기도 한다.

어리광을 부려도 될 것 같아서.

"엄만 좀 어떠시냐?"

커피를 내리면서 아저씨가 불쑥 물었다.

"똑같아요, 맨날 똑같아요."

"그래—."

땡, 오븐 토스터가 멈췄다. 아벨이 신이 나서 피자 토스트를 꺼내 접시에 옮겨 담았다.

"손 델라, 조심해."

아벨은 고개를 끄덕끄덕하고는 3인분의 피자 토스트를 접시에 담아 조심스레 카운터로 들고 왔다. 우유가 듬뿍 든 카페오레도 곧 완성됐다.

"아벨, 오늘도 공부했냐?"

입에서 쭈욱쭈욱 늘어나는 치즈와 씨름하는 아벨에게 아저씨가 말을 건넸다.

"아주 좋은 과외 선생을 찾았구면. 일류 중학교 출신 녀석이어서 그런지 대단하다니까. 아벨이 공부할 생각을 다 하고 말이지. 무료라니 어째 미안한데."

"뭐 어때요……."

"근데 그 애도 앞으로 고등학교 입시 준비로 바쁠 텐데 꼬박꼬박 오는구나. 어떻게 부탁한 거냐?"

나는 대답하지 않고 피자 토스트를 덥석 베어 물었다.

내가 협박해서 오게 했다고 하면 아저씨가 화낼 테지.

"……가즈마도 꽤 재밌어 해요. 아벨이 잘 따르거든요."

"그게 정말이냐?"

"그럼요, 아까도 뿌듯해하던데요."

"그렇구나. 그럼 다행이고. 아벨, 잘됐다. 공짜로 배울 수 있다니 얼마나 다행이냐?"

정신없이 피자 토스트를 베어 물면서도 아벨은 연신 고개를 끄덕였다.

아벨의 얼굴을 보면서 생각했다. 가즈마가 여기에 오는 걸, 여기서 아벨을 가르치는 걸 즐기게 되다니……. 이해가 안 된다. 정말 뜻밖이다.

그 애한테 부탁했던 건 아벨의 공부 때문이기도 했지만, 모든 걸 다 가진 애들을 좀 괴롭혀 주고 싶은 생각도 있었다.

그런데 아까 가즈마는 눈물을 흘렸다.

'선생님이라고……, 난 이런 말 처음 들어. 요즘 계속 난 이제 틀렸다고 생각했는데, 아벨이 나를 선생님이라고…….'

가즈마 녀석, 자포자기하고 있었구나.

모든 걸 다 가졌으면서 왜 자포자기하는 거지?

내가 모르는 뭔가를 떠안고 있는 건가?

엘리트 중학교에서 잘린 것쯤으로 어리광 부린다고 생각했다. 하지만 다시 생각해 보면 남이 느끼는 불행의 정도를 어떻게 가늠할 수 있을까. 그걸 가늠하는 잣대가 있다 해도 부자의 세계와 가난한 사람의 세계는 그 잣대가 다르지 않을까.

"야, 이쓰키."

아저씨가 부르는 소리에 퍼뜩 정신이 돌아왔다.

"넌 어쩔 거냐? 고등학교."

"아."

입에 넣으려던 피자 토스트를 도로 접시에 놓았다. 역시 배가 아직 안 꺼졌다.

"적당한 데 갈 수 있으면 가고요."

"적당한 데라니, 무슨 말이야?"

아저씨가 눈썹을 내려뜨리고 입술을 삐죽였다.

"안다. 상황이 만만찮다는 거, 못 배운 나도 그 정도는 알지. 내가 도울 수 있는 게 별로 없다는 것도 말이야. 하지만 넌 바보도 아니고 끈기도 있다는 걸 알아. 하아, 참 답답하네."

"그래요……."

작게 말하고 카페오레를 한 모금 마셨다. 달콤했다.

"근데요, 어느 집에서 태어나느냐에 따라 할 수 있는 일이 달라지더라고요. 아, 저 지금 신세 한탄하는 거 아니에요. 그냥, 그게 현실이라고요."

"아직 어린 게……, 무슨 그런 서글픈 소릴 하고 그래?"

"하긴 뭐, 수급자도 고등학교는 보내 준다니까 그것만으로도 감지덕지죠. 근데요, 고등학교는 가장 가까운 데도 지금 중학교보다 멀어서 걱정이에요. 나쓰키도 돌봐야 하고 어린이집 등하원도 시켜야 하는데, 엄만 계속 저 상태고."

"상황이 바뀔 수도 있지. 엄마도 언젠간 일할 수 있게 될지 모르잖아."

"괜찮아요, 신경 쓰지 마세요. 희망을 갖게 하려고 애쓰지 않아도 돼요, 아저씨. 왠지 말이에요, 부자라고, 머리 좋다고 다 행복한 것도 아닌 것 같거든요."

아까 방에서 나가던 가즈마의 구부정한 등이 떠올랐다.

"야! 그래도 꿈 같은 거 없어? 앞으로 어른이 돼서 하고 싶은 거 말야. 지금은 그런 걸 좇을 나이잖아."

아저씨는 이렇게 말하면서 카운터 뒤 선반에 있는 사진 액자를 돌아봤다.

"뭐, 나도 이래라저래라할 처지는 못 된다만……. 그때는 지금뿐이다, 지금밖에 없다, 그런 마음으로 살았으니 말야."

아저씨가 보물처럼 아끼는 사진.

사진 속의 남자가 오토바이에 앉아 있다. 젊은 날의 아저씨다.

이마 양옆은 머리를 바짝 깎아 올렸고, 앞머리는 표고버섯처럼 봉긋이 띄워 다소 해괴해 보이는 헤어 스타일이다. 그래도 머리숱은 지금의 몇십 배나 많아 보인다. 위아래가 붙은 검은 라이더 슈트 차림에 선글라스를 쓰고 있다.

그 옆으로 똑같은 차림을 한 남자 여러 명이 웅크린 채 이쪽을 노려보고 있다.

"아저씨가 젊을 때 펄펄 날았단 얘기라면 한 오백 번은 들었거든요."

"오백 번은 너무했다. 사람을 어디 노망난 할배 취급하고 그래……. 그게 말이다, 지금 생각하면 진짜 또라이 짓 같은데, 저땐 매일 '천하를 지배하리라!' 그런 기분으로 살았거든."

"그 얘기도 벌써 골백번은 들었고요."

"우리 집도 참 가난했다. 하지만 당시엔 말야, 젊은 사람들도 언젠가 크게 한 방 터지면 부자가 될 거라고 기대하는 분위기였어. 정말로 진지하게."

"하지만 아저씨가 그랬잖아요? 직장도 수없이 바뀌었고, 부인도 도망가고, 별 볼 일 없는 인생이었다고."

"뭐……, 그렇긴 하지. 그래도 젊을 땐 그런 야심이라고 해야 하나? '어디 한번 해 보자.'는 투지 같은 걸 가질 필요가 있지. 너희도 가졌으면 좋겠고 말이야."

"어우, 촌스러워."

'이 이야기는 끝!'이라는 걸 전하기 위해 쨍 소리 나게 커피잔을 찻잔 받침에 내려놓았다. 옛날에는 그랬을지도 모른다. 아저씨가 젊을 때는 내일을 믿을 수 있었고, 가난한 사람도 언젠가는 부자가 될 수 있다고 기대하는 세상이었을지 모른다.

하지만 현실은 그렇지 않다. 아저씨는 여전히 부자가 아니었고, 나는 내일이 두려울 뿐이다. 아무리 머리를 굴려 봐도 여기서 어떻게 벗어나야 할지 답이 나오지 않았다.

"아, 옛날이야기는 이제 됐다고요. 그런 숨 막히는 얘기 좀 그만해요. 어떻게든 된다니까 그래요!"

억지로 실실 웃으며 그렇게 대꾸했을 때 입구의 카우벨이 딸랑딸랑 울렸다. 사이 좋아 보이는 젊은 커플이 들어왔다.

"어서 오세요."

아저씨가 일어났다.

나는 재빨리 남은 피자 토스트와 카페오레 잔을 쟁반에 담아 아벨에게 건넨 뒤 2층으로 올려 보냈다.

답답하지만 나를 걱정해 주는 사람.

알고 있다. 그 자상함에 어리광을 부릴 수 있는 것도 여기까지라는 걸.

지금 이런 시간 덕분에 나는 조금 편히 숨을 쉴 수 있다.

'안식처야, 정말.'

가즈마가 했던 그 말이 어렴풋이 떠올랐다.

헤엄칠 수 없는 물고기

카페 안식처를 나와 전철역 쪽으로 걸었다.

아까 들은 이쓰키의 말을 떠올리자 가슴이 먹먹했다.

어떻게 그런 일이…….

병든 엄마와 어린 동생을 혼자서 감당하다니. 이제 겨우 중학교 3학년인데……. 게다가 진로도 제한받고, 저축하는 것조차 허용되지 않는다니. 너무하다. 기초 생활 수급 제도란 것도 들어보니 부당한 것투성이여서 절로 좌절감이 들었다.

소요중학교에 입학한 뒤, 엄마가 푸념을 쏟아 내던 기억이 났다. 우리 반 학부모들이 간담회를 한다고 유명한 레스토랑을 통째로 빌린 모양이었다.

"런치에 회비 5,500엔은 비싸지. 그것도 음료는 별도라는데. 2차 모임까지 가게 되면 결국 8,000엔이 넘게 든다니까."

하지만 엄마는 그렇게 투덜거리면서도 그 돈을 냈다. 아니, 거기에 모인 학부모들 모두가 그랬다.

모두가 그 돈을 쉽게 낸 건 아닐 테지만, 비싼 입학금과 수업료를 치르고도 점심 한 끼에 그만한 금액을 지불할 정도로 여유 있는 사람이 많다는 의미랄까.

군이 귀 기울이지 않아도 들려오는 동급생들의 집안 이야기.

나도 초등학생 때는 의사 아버지를 뒀다고 별종 취급을 당했지만 소요중학교에서는 의사 아버지를 둔 애들이 부지기수였다.

며칠 전, 우연히 길에서 만난 사쿠라다네 아버지는 일본을 대표하는 종합 상사의 부장이었다.

옆 반 이마이네 할아버지는 중진 국회의원이었고, '우리 집은 한 부모 가정이야―.'라던 구스하라네 엄마는 텔레비전에 광고까지 나오는 피부 관리실의 본점 대표였다.

물론 평범한 집 애들도 많았다. 하지만 '부자가 너무 많다―.'고 삐딱하게 말하던 몇몇 동급생도 가족끼리 온천 여행을 할 정도의 여가는 즐겼다.

사람은 평등한 게 아니었던가.

적어도 우리는 학교에서 그렇게 배워 왔다. 누구에게나 기회는 똑같이 주어진다. 노력하면 보상받을 것이며 꿈도 이루어지기 마련이다.

지금 불행하다면 그건 그 사람의 노력이 부족한 탓이다.

우리 아버지는 그렇게 말할 것이다.

전심전력으로 노력한 사람은 승자가 되고, 그렇지 않은 사람은 패자가 된다. 정말로 그럴까?

'수급비 받는 사람은 기초 생활 수급자 티셔츠 입어.'

이쓰키가 들었다는 그 말이 다시 떠올라 가슴 한구석을 짓눌렀다.

그 애의 유일한 비빌 언덕일 제도란 것도 왠지 제대로 기능하지 못하는 게 아닐까.

'나도 꿈이 있었어.'

그렇게, 이쓰키가 말했던 것 같다.

그러나 대학 진학에 대한 제한 때문에 포기했다는 말일까.

진로를 자유롭게 선택할 수 없다. 저축하는 것조차 허용되지 않는다.

그런데도 '이득 보는 주제에 숨기는 건 뻔뻔하다.'는 비난. 이쓰키가 대체 어떤 이득을 본다는 것일까.

집에 들어가자 주방 식탁에서 엄마와 호나미가 밥을 먹고 있었다.

"어서 와. 공부하느라고 고생했어. 피곤하지?"

엄마가 피곤한 얼굴로 앞치마를 둘렀다.

"금방 데워 줄게."

가스레인지 앞에 서서 나무 주걱을 한 손에 들고 딱 소리를 내며 불을 켰다. 내가 좋아하는 매콤달콤하게 조린 닭다리. 마늘과 생강을 넣어서 좋은 냄새가 났다. 거기에 연근과 당근을 간장과 설탕에 조려 참깨를 뿌린 것, 중화요리풍 토마토와 달걀 수프.

엄마는 요리한 음식을 다시 데우는 데 전자레인지를 사용하지 않는다. 가족이 돌아오면 그때마다 앞치마를 두르고 가스 불에 데워 저마다의 접시에 담아낸다.

냉장고에서 새콤달콤한 오이 절임과 양념장을 끼얹은 두부를 꺼냈다. 그리고 전기밥솥을 열고 내 밥그릇에 밥을 담았다.

엄마는 그렇게 매일매일 반찬을 몇 가지씩 만든다.

"전자레인지에 돌리면 편한데."

나는 식탁 의자에 앉으면서 그렇게 말했다.

"안 돼. 네 아빠 그런 거 싫어해."

엄마가 앞치마를 벗고 식탁에 앉으면서 내 말을 받았다.

아버지는 음식을 전자레인지에 데우는 걸 싫어한다.

'랩 씌워 전자레인지에 돌린 음식을 보면 꼭 부실한 사료를 얻어먹는 기분'이라나?

더욱이 '의사가 병에 걸리는 건 어이없는 짓'이라는 이유로 매일 '서른 가지 재료 섭취'를 실천하고 있다. 물론 그 서른 가지의 재료를 준비하고 조리하는 건 엄마의 몫이다.

"호나미, 토마토 남기면 안 돼."

내가 먹을 수프가 데워지는 동안, 엄마는 그새 다 식어 버린 수프를 한입 떠먹고는 호나미를 나무랐다.

"싫어. 흐물흐물해서 토 나올 거 같단 말야."

"편식하는 버릇 안 고치면 할머니한테 또 혼나."

"상관없어, 혼나도."

"너만 혼나면 상관없게? 나중에 엄마까지 한소리 들으니까 그러지."

엄마 목소리가 조금 거칠었다. 호나미는 입을 비죽이며 숟가락으로 토마토를 쿡쿡 찔러 대더니 어쩔 수 없이 한 숟가락 떠서 입에 넣고는 재빨리 물로 꿀꺽 삼켰다.

"아, 맛없어. 잘 먹었습니다!"

그러고는 벌떡 일어나 거실로 가서 텔레비전 예능 프로그램을 보기 시작했다. 엄마가 한숨을 쉬고는 젓가락으로 오이를 집어 들었다.

식탁 끝에는 꽃이 장식돼 있고, 몇 가지나 되는 반찬이 주욱 차려져 있다. 하지만 어딘지 모르게 삐걱거리는 우리 집. 왠지 지쳐 보이는 엄마와 언제나 짜증 가득한 여동생, 오만하게 자신의 생각을 관철시키는 아버지, 그리고 소요중학교에서 낙오된 나.

그럼에도 나는 분명 많은 것을 가지고 있다.

목적지를 향해 달리다 세게 넘어지는 바람에 신발이 벗겨지고 무릎이 깨지긴 했지만.

"가즈마, 도서관에서는 공부 잘돼?"

먹성 좋게 숟가락을 놀리는 나를 흐뭇하게 지켜보던 엄마가 물었다.

"응."

닭고기를 씹으면서 짧게 대답했다.

"전학 간 학교에는 이제 적응됐어? 못되게 구는 애들은 없고?"

"응."

"어휴, 진짜. 넌 맨날 그렇게 대답이 무뚝뚝하더라."

엄마와 함께 있다 보면 대개 대화가 이런 식으로 흘러가 버렸다. 정말이지 어떤 식으로 대화해야 좋을지 모르겠다. 나는 엄마를 싫어하기는커녕 오히려 지켜 주고 싶은 마음까지 있는데.

내가 소요중학교에 합격한 날, 엄마는 기쁨의 눈물을 흘렸다. 하지만 내가 거기서 잘렸을 때는 결코 나를 몰아붙이지 않았다. 오히려 몸 사리지 않고 나를 감싸 줬다.

엄마가 아니었으면 나는 지금쯤 집 근처 공립 중학교에 다니면서 호기심 어린 시선에 찔려 괴로워하고 있을지도 몰랐다. 가시방석 같은 이 집에서 내가 의지할 건 엄마뿐일 거다, 아마.

다만, 그 마음을 말로 표현하는 게 너무 어렵고 부끄러웠다. 말로 하지 않아도 다 통한다고 믿고 싶었다.

"잘 먹었습니다."

젓가락을 놓자마자 재빨리 방으로 들어와 버렸다. 문득 생각 난 것이 있어서 노트북을 컸다. 아버지한테 물려받은 거다.

검색 엔진에 '기초 생활 수급'이라고 입력하고 엔터키를 눌렀다. 관련 웹사이트와 언론 기사가 주욱 떴다. 맨 위에 후생 노동 성(사회 복지와 일자리 확충을 관장하는 일본의 행정 기관.—옮긴이) 사이트가 있었다. 클릭을 하자 이런 내용이 눈에 들어왔다.

> 자산과 능력 등 모든 것을 활용해도 여전히 생활이 궁핍한 사람들에게 곤 궁한 정도에 따라 필요한 자원을 제공하고, 건강하고 문화적인 최소한도의 생활을 보장함으로써 자립을 촉진하는 제도입니다.

문장이 어렵고 딱딱하다. '최소한도의 생활'이란 어느 정도를 가리키는 것일까.

그 아래에도 줄줄이 설명문이 나열되어 있지만 한번 쓱 훑어 보는 것으로는 머리에 들어올 만한 내용이 아니었으므로 나는 화면에서 눈을 돌렸다.

솔직히 학교 공부는 다 아는 내용이지만 학원 숙제는 아벨의 과외 때문에 밀린 상태였다. 빨리 공부를 시작해야 했다.

그로부터 두 달.

6월 중순에 접어들면서 눅눅하고 습한 비의 계절이 시작됐다.

나는 여전히 일주일에 세 번은 학원에 다니고, 두 번은 카페 안식처에 가고 있다.

학교 성적은 체육을 제외하고는 별문제가 없지만, '넘사벽 1등'이 아닌 것이 아버지도 할머니도 못마땅한 모양이었다. 소요 중학교에서 고등학교 수준의 수업만 들었던 탓에 의외의 부분에서 기초가 흔들렸다.

하물며 학원 성적은 최상위권 고등학교에 들어가기에는 한참 모자랐기 때문에 아버지는 노골적으로 불편한 심기를 드러내곤 했다.

"노력이 부족한 거 아니냐? 좀 더 노력해. 노력은 사람을 배반하지 않는다."

중학교 입시 때 하던 말이 다시금 입버릇이 되었다.

초등학교 때는 그 말에 자극받아 코피를 흘려 가며 공부했다. 하지만 중학교 3학년이 된 지금은 그 말에 순순히 따를 생각이 없다.

개인의 재능이든 사회 구조든 노력과 결과가 단순히 비례하지 않기 때문에 사람은 고통스러운 게 아닐까.

어렸을 때, 나는 아버지를 두려워하면서도 존경했다. 훌륭한 직업을 가지고 있고, 뭐든 다 알고 있고, 머리가 좋은 사람이라고 생각했다. 그러나 정말로 그럴까. 정말로 머리가 좋다면 타인에 대해 좀 더 상상력을 발휘해야 하지 않을까.

아버지에 대한 불안하고 답답한 마음과는 반대로 카페 안식처는 언제 가도 한결같이 마음이 편했다. 이쓰키에게 받았던 협박은 거의 잊은 채 예사로 드나들게 되었다.

아벨에게 공부를 가르치고, 아저씨가 챙겨 주는 간식을 먹고, 방바닥에 드러누워 뒹굴뒹굴하면서 멍하니 천장을 보고 있으면 마음이 편하고 말랑말랑해졌다.

소요중학교에서는 잘렸고, 공립 학교에서도 여전히 아버지가 원하는 성적에는 못 미치는 나. 전학 온 학교에서도 지금껏 친구하나 사귀지 못했다. 과거를 숨기고 싶어하는 나의 폐쇄적인 마음 때문이기는 하겠지만……. 어려서부터 다른 사람들과 시원시원하게 소통하지 못하는 성격이 어디 가겠는가.

시로타 에마만이 "가즈마는 말하는 게 아재 같아서 재밌어." 라면서 가끔 말을 걸어 주었지만, 더 이상 데이트하자는 말은 듣지 못했다.

어디에 있나 불편함에 시달리는 나. 하지만 여기서는 다르다.

"오, 선생님이 납셨군."

아저씨도 나를 선생님이라고 불렀다. 자신보다 까마득히 어린 나를 '선생님'이라고 부를 때의 그 짓궂은 듯한, 놀리는 듯한 표정과 목소리. 처음에는 발끈하기도 했지만 요즘은 그 속내를 알 것만 같다.

이 사람은 간혹 멋쩍어 한다는 것을. 입으로는 귀찮다고 말하면서도, 자기 가게에 찾아오는 '어린애들'을 살뜰히 보살피고, 때론 그 아이들 앞에서 못내 쑥스러워 한다는 것을. 그러면서 일개미처럼 뻔질나게 간식을 들고 2층에 올라왔다. 도무지 논리적으로는 이해가 되지 않지만 어딘지 모르게 귀여운 구석이 있었다.

이런 어른은 지금껏 내 주위에 없었다.

이쓰키는 변함없이 거친 말을 툭툭 내뱉긴 했지만 더는 나를 '왕자님'이라고 부르지 않았다. 그리고 언제나 밤이 되면 찾아와 카페 일을 거들고, 아저씨가 챙겨 준 음료를 들고 2층으로 올라왔다.

"먹을 건 사양해도, 음료 정도는 마실 수 있겠지?"

아벨도 거르는 일 없이 나타나, 나를 보면 반가운지 하얀 이를 드러내고 웃었다.

하지만 공부 쪽은 순조롭지 않았다.

아벨은 나와 과외를 처음 시작할 당시의 열정이 이미 식은 것 같았다. 갈수록 집중력이 떨어지고 있었다.

나눗셈을 이해하고, 분수 계산을 할 수 있게 됐지만 해야 할 공부는 아직도 태산이었다.

면적 계산, 비례와 비율, 입체의 부피…….

초등학교에서 마스터했어야 할 것을 하나도 익히지 않고 그냥 넘어왔으니, 대뜸 중학교 수학 교과서를 펼쳐 봤자 아무 소용이 없었다. 수학 하나만으로도 버거운데 다른 과목도 공부해야 했다. 영어는 또 어떤 상태일까.

그걸 파악하기조차 겁이 났다.

갈 길이 너무 멀어서 조급해졌고, 마찬가지로 기초가 부실한 내 공부 걱정까지 머리를 스칠 때면 눈앞이 깜깜해져서 그만 몰아치듯이 말이 앞서 나가곤 했다.

"아벨, 듣고 있는 거냐고?"

오늘도 샤프펜슬을 쥔 채 멍하니 허공을 바라보는 아벨에게 소리쳤다.

"자, 여길 봐. 이 부채꼴의 중심각은 90도야. 원의 지름이 6센티미터니까 먼저 이 원의 면적을 구해 보자. 자, 계산해 봐."

아벨은 상에서 일어나 반바지 앞 가운데 부분을 두 손으로 눌렀다.

"또……, 화장실 가게?"

아벨은 고개를 끄덕끄덕 하고는 문을 열고 계단을 내려갔다.

나는 초조하게 아벨이 볼일을 보고 돌아오기를 기다렸다. 오늘은 공부를 시작한 지 한 시간도 더 지난 지금까지 간단한 부채꼴의 면적조차 손도 못 대고 있었다. 원의 면적을 구하는 법을 잊은 탓이다.

거기서부터 다시 설명하고, 몇 문제를 풀게 하고, 채점을 하는 사이에 시간이 훌쩍 지나 버렸다. 그동안 아벨은 두 번이나 화장실에 다녀왔다.

아벨은 갈수록 나에게 어리광을 부렸다. 처음에 아벨을 기쁘게 했던 큰 동그라미도 그 효과가 점점 줄어드는 것 같았다. 어떻게 해야 할까…….

아벨이 돌아왔다. 마지못한 얼굴로 상 앞에 앉았다.

"이 원의 면적을 구하는 거야. 자, 식을 세워 봐."

자리에 앉자마자 빠르게 지시하자, 아벨은 그 개미 같은 작은 글씨로 느릿느릿 공책에 썼다.

$$6 \times 6 \times 3.14 =$$

"틀렸잖아!"

끝내 짜증을 내고 말았다.

"원의 면적은 반지름×반지름×3.14야. 6은 지름이잖아. 반지름이니까 그 반인 3이지. 아까 몇 번이나 틀려서 여러 번 설명했는데. 안 들은 거야!"

아벨이 벌떡 일어났다. 부루퉁한 얼굴로 나를 노려봤다. 갑자기 문을 열고 쿵쾅쿵쾅 계단을 뛰어 내려갔다.

설마, 또 화장실?

그러나 딸랑딸랑 카우벨 소리가 났다.

"야, 아벨! 어디 가?"

아저씨의 목소리가 들렸다.

나도 놀라 1층으로 뛰어 내려갔다.

"오, 무슨 일이냐? 벌써 공부 끝난 거야?"

"아뇨."

계단 아래 선반에서 서둘러 신발을 꺼내 꿰찼다.

"도망쳤어요."

"도망?"

아저씨의 얼빠진 목소리를 뒤로하고 나는 문을 열고 길로 뛰어나갔다.

내 잘못이다.

가게 밖으로 뛰어나가 아벨의 모습을 찾으면서 나는 내 머리를 사정없이 때리고 싶은 기분에 사로잡혔다.

몰아붙이듯이 가르치고 말았다. 이해하지 못하는 것에 대해 비난하듯 말해 버렸다.

골목에서 큰길로 나갔다. 숨을 몰아쉬며 아벨의 커다란 등을 찾았지만 보이지 않았다.

대체 어디로 간 거야? 집에 가 버렸나?

그러나 나는 아벨의 집이 어디인지 몰랐다. 주머니 밖으로 삐죽 나온 구형 휴대폰을 본 적은 있지만 번호를 몰랐다.

만일 이대로 행방불명되면……?

"저어……, 체격이 크고, 피부색이 검은 소년, 혹시 못 보셨어요?"

모르는 사람에게 먼저 말을 건네는 건 질색이다. 하지만 나는 그토록 싫어하던 것도 잊고 길에서 액세서리를 파는 아저씨와 광고용 티슈를 나눠 주는 누나에게 그렇게 물었다.

다섯 번째로 물어본 담뱃가게 할머니가 "아아." 하고 고개를 끄덕였다.

"봤지, 그 애. 저 마트로 들어가던데. 금방이라도 울 것 같은 얼굴로 막 뛰어가기에 무슨 일인가 했지."

"고맙습니다!"

나는 그 건물을 향해 뛰기 시작했다. 대형 마트 건물이었다. 1층은 식료품점, 2층은 의류와 생활용품, 3층은 가전 제품과 백엔 샵……. 아벨은 여기 어디쯤에 있단 말인가.

일단 1층 식품 매장으로 들어갔다. 아벨이 갈 만한 곳은 어디일까.

장 보는 아주머니들의 카트를 피해 달리며 아벨을 찾아다녔다.

"아……."

찾았다. 아벨은 생선 코너 앞에서 서성이고 있었다.

요즘은 팩에 포장된 토막 생선이 보통이지만 이 마트는 옛날 생선 가게처럼 자르지 않고 통째로 매대 위에 내놓고 파는 모양이었다.

아벨은 그 앞에서 서성거리며 바다에서 끌어올려진 모습 그대로의 생선들을 물끄러미 보고 있었다.

말을 건네려다 망설였다. 무슨 말을 하지?

슬퍼 보이는, 아벨의 풀 죽은 옆얼굴.

그 시선 끝에 있는 크고 작은, 움직이지 않는 생선이 된 물고기들. 이제 다시는 헤엄칠 수 없는 생선이 된 물고기들.

나는 문득 소요중학교 현관에 걸려 있던 글귀가 생각났다.

드넓은 바다에 물고기가 자유로이 헤엄치고

탁 트인 하늘에 새들이 맘껏 날아다니네

드넓은 바다를 자유롭게 헤엄치는 물고기, 하늘을 자유자재로 날아다니는 새.

얼마 전에 만났던 사쿠라다의 맑은 눈동자가 생각났다.

그 애는 빛이 반짝반짝 비쳐드는 바닷속을 너울너울 헤엄치고, 파란 하늘을 지나는 바람결에 몸을 맡겨 한없이 높이 날아오를 수 있을 것이다.

그리고 지금 얼음 위에 누운 생선이 된 물고기들의 마음을, 또 그 모습을 어깨를 축 늘어뜨린 채 바라보는 아벨의 마음을 생각했다.

아벨은 헤엄칠 수 없는 물고기이며 날지 못하는 새인 걸까.

아벨의 생활을, 그러니까 아벨이 지금껏 어떻게 살아왔는지를 나는 잘 몰랐다. 혹시 이렇게 공부가 뒤처진 원인은 학습 능력보다는 다른 데 문제가 있었던 게 아닐까. 휘몰아치는 폭풍우에 어딘가로 잠시 몸을 숨겼다가 그만 헤엄치는 법도 나는 법도 잊은 거라면?

그런 그에게 나는 왜 못하느냐고 거칠게 몰아붙였다.

"아벨!"

나도 모르게 소리 내어 불렀다.

사과하고 싶었다. '너는 잘못한 게 없어. 잘못한 건 조급하게 굴었던 나야.'라고 말하고 싶었다.

아벨이 흠칫 놀라 소리가 나는 쪽을 돌아보았다.

그리고 나와 시선이 마주치자 '큰일 났다!' 하는 얼굴로 몸을 돌려 도망치려고 했다.

그때였다.

"아얏—."

매장 안에 중년 남자의 둔탁한 음성이 울려 퍼졌다.

"너냐? 내 발을 밟은 게?"

칼라 끝이 닳고 닳은 파란 셔츠에 여기저기 해진 거무칙칙한 바지, 턱 주위에 비죽비죽 제멋대로 돋아난 수염…….

아벨은 내게서 도망치려다 그 남자의 발을 밟은 것이었다.

"남의 발을 밟고 사과 한 마디 없다니, 이게 무슨 경우야? 가정교육을 어떻게 받은 거냐!"

남자는 한쪽 발을 과장되게 질질 끌면서 얼음이 돼 버린 아벨에게 다가가 쭉 째진 작은 눈으로 노려봤다. 아벨은 굳은 얼굴로 파르르 떨며 고개를 수그렸다.

나는 당황스러웠다. 저 아저씨는 아벨이 말을 못 한다는 걸 알지 못한다.

"죄송합니다."

얼른 뛰어가 대신 사과를 건넸다.

"넌 누구냐? 이놈 친구? 뭐야, 중딩이었어!"

남자는 내가 입은 교복을 위아래로 쓰윽 훑었다.

"네."

"네 사과는 필요 없고! 난 이놈이 하는 사과를 받아야겠거든?"

"저어 그게, 얘가 말을 못 해서요. 그래서 제가 대신 사과를 드리려고……."

그 말이 오해를 불렀다.

"하아! 일본말을 못 한다 이거지?"

남자의 얼굴에 불쾌한 심기가 한층 더 심해졌다.

그제야 나는 그 남자에게서 술 냄새가 진동하는 걸 알아차렸다. 술 취한 사람이었다.

"여기는 일본이야. 아무리 외국인이라도 그렇지, 일본말로 하란 말야. 너 인마, 일본이 우스워?"

"그게 아니고요, 그러니까 그게……."

"덩치 좀 크다고 눈에 뵈는 게 없나 본데. 이거 왜 이래? 나도 게이세이 대학 유도부 출신이라고."

남자는 이름만 대면 누구나 알 만한 명문 대학을 들먹였다. 순간 나는 기가 죽고 말았다. 학벌 좋은 사람을 대할 때면 반사적으로 '번듯한 사람'이라고 생각해 버리는 버릇이 있기 때문이다.

게이세이 대학 출신의, 아마도 지능 지수가 높을 것 같은 어른과 논쟁하는 게 나는 두려웠다. 행여 골치 아픈 일에 말려들면 어쩌나 싶어 주춤주춤 몸을 사렸다.

"암튼 내 발 밟은 거 사과해. 네 나라 말이라도 좋다."

남자는 체격에는 어울리지 않게 온순한 아벨의 심성을 눈치챘는지도 모르겠다. 그런 식으로 위압적으로 떠들어 대더니, 갑자기 손을 뻗어 다짜고짜 아벨의 멱살을 잡는 것이었다.

"어느 나라에서 온 놈이냐? 너. 하하, 설마 테러리스트는 아니겠지?"

그때였다.

"우워어어어어어어어어—."

아벨의 입에서 난생처음 들어 보는 짐승의 울음소리가 터져 나왔다.

"우워어어, 우워어어어어어어어—!"

뭔가에 씌인 사람이 내지르는 듯한 울부짖음이었다. 아벨은 자신의 멱살을 잡은 팔을 비틀어 떼어 내더니 냅다 밀쳤다. 아벨에게 떠밀린 남자의 몸은 슈웅, 하고 맥없이 날아가 조미료 진열장에 등을 부딪혔다. 진열장 선반에서 간장이며 미림이며 각종 조미료가 담긴 페트병 따위가 와르르 떨어졌다.

쨍그랑!

유리병 몇 개가 깨지면서 바닥에 유리 파편이 튀고 식초 냄새가 진동했다.

"꺄아아악!"

매장 안에서 장을 보던 손님들은 비명을 지르며 황급히 멀찌감치 피신했다. 남자는 물건에 파묻힌 모양새로 주저앉은 채 부러 크게 신음 소리를 냈다. 진초록 앞치마를 입은 여자 점원 여럿이 달려왔다.

"손님!"

점원들은 아수라장이 된 매장을 보고 기가 차는 모양이었다.

"어떻게 된 일이에요? 다친 데는……?"

"……저놈이 나를 들이받아서……."

남자는 아벨을 가리키면서 일어났다. 순간 얼굴을 잔뜩 찡그렸다. 손가락 끝에서 빨간 핏방울 하나가 바닥으로 똑 떨어졌다. 깨진 유리병에 베인 걸까.

남자는 그 손을 다른 쪽 손으로 지그시 누르면서 증오에 찬 눈으로 아벨을 노려봤다.

"경찰 불러. 저놈 때문에 내가 다쳤다고. 상해죄로 고소하고 말겠어."

아벨은 웅크리고 있었다. 겨울 산에서 조난당한 사람처럼 두 팔로 자신의 몸을 끌어안고 파르르 떨었다.

나는 말이 나오지 않았다. 머릿속이 새하얘졌다.

아벨의 이 비정상적인 패닉 상태는 뭐란 말인가.

그러나 상대가 먼저 손을 댔다 해도 이쪽이 상처를 입힌 건 사실이었다.

어쩌지? 어쩌면 좋지?

나는 우두커니 서서 그저 입만 뻐끔뻐끔할 뿐이었다.

이쓰키

고막을 찌르는 목소리

하원 시간에 맞춰 어린이집에서 나쓰키를 데리고 평소처럼 마트에 들렀다.

저녁엔 뭘 해 먹는다지?

늘 빠듯한 살림이지만 이번 달은 특히 더 허리띠를 졸라매야 한다.

오랫동안 써 온 냉장고와 전자레인지가 거의 동시에 고장 나는 바람에 새로 구입했다. 어떻게 할 것인지 머리 터지게 고민한 끝에 결국 재활용 센터에서 중고 제품을 사기로 했다. 하지만 제일 저렴한 건 이미 팔린 터여서 예상보다 많은 돈이 들었다.

수급자 가정이라고 고장 난 전자 제품 구입비까지 지원해 주는 건 아니다. 매달 받는 수급비와 긴급 상황을 대비해 쪼개 뒀던 몇 푼 안 되는 돈에서 어떻게든 쥐어짜 낼 수밖에 없었다.

먹고 싶은 듯 과자 코너에 멈춰 선 나쓰키를 모른 척하고 할인 채소 코너로 향했다. 거기서는 상품 가치가 없는 시든 푸성귀 따위를 할인 가격에 살 수 있었다.

"우워어어어어어어—."

그때 생선 매장 쪽에서 짐승이 울부짖는 듯한 소리가 났다.

쨍그랑!

뭔가가 깨지는 소리도 날카롭게 울렸다. 무슨 소린지 알아들을 순 없지만 남자의 고함 소리와 점원의 말소리도 들렸다. 평화롭던 매장 안에 갑자기 긴장감이 감돌았다.

"나쓰키!"

이름을 부르고 나서야 알아차렸다. 나쓰키가 내 곁에서 사라졌다. 더구나 호기심 가득한 모습으로 사람들이 몰려 있는 쪽으로 아장아장 다가가고 있었다.

"나쓰키, 이리 와!"

뒤쫓아 가서 나쓰키의 팔을 잡은 순간, 눈앞에 펼쳐진 광경을 보고 기절할 뻔했다.

페트병이며 유리병이며 진열대 위에 늘어서 있어야 할 물건들이 사방에 흩어진 매장 바닥. 그 한가운데서 고래고래 악다구니를 쓰는 남자와 그를 달래는 점원.

그리고 남자가 손끝으로 가리킨 곳에는 몸을 바싹 웅크린 채 떨고 있는 소년과 새파래진 얼굴로 우뚝 선 안경 쓴 남자애가 있었다.

"아벨⋯⋯? 가즈마?"

나도 모르게 달려갔다.

"뭐 해? 지금 무슨 일이 벌어진 거야?"

"이 깜둥이 놈이 나를 쳤어!"

남자가 눈을 치켜뜬 채로 피가 조금 묻은 손수건을 휘두르며 나를 노려봤다.

"너도 저놈이랑 한통속이냐? 저놈 때문에 내가 이렇게 다쳤단 말이다. 저런 흉악한 놈을 풀어놔도 되는 거냐?"

"뭐라고요?"

흉악하다고? 아벨이?

그럴 리 없어. 그럴 리가 없다고.

지금도 저렇게 웅크린 채 바들바들 떨고 있는데.

"무슨 말도 안 되는 소리예요! 쟤는 그런 짓을 할 애가 아니라고요. 가즈마, 너 봤지? 뭐가 어떻게 된 건지 설명해 봐!"

"이⋯⋯, 이, 이, 이 사람이⋯⋯."

새파랗게 질린 얼굴로 가즈마가 모기 우는 소리를 냈다.

"다짜고짜⋯⋯, 아벨 멱살을 잡고⋯⋯. 아벨이, 발을 밟았다고, 막 화내고⋯⋯. 그래서, 아벨이 놀라서, 밀쳐 냈는데⋯⋯."

"그럼 아저씨가 먼저 손댄 거네요!"

나는 쭈그리고 앉아 주체할 수 없이 바들대는 아벨의 커다란 등을 쓰다듬어 주었다. 아벨의 떨림이 손바닥으로 느껴졌다. 나는 남자를 노려보았다.

"멱살을 잡혔는데, 밀쳐 내지 않을 사람이 어디 있어요? 이런 걸 무슨 방위라고 하는 거 아닌가?"

"이건 정당방위가 아냐. 과잉 방위지. 난 다쳤단 말이다. 이봐, 경찰 불러! 어서 부르라고!"

"손님, 알겠습니다."

한 손에 휴대폰을 든 뚱뚱한 여자 점원이 인파를 헤치고 이쪽으로 다가왔다.

"아!"

나는 놀랐다. 어디선가 본 얼굴이었다. 예전의 그 '기초 생활 수급자 체육복 사건'의 방아쇠가 됐던 사이토네 엄마다. 초등학교 때 학부모 수업 참관일에 몇 번 봐서 얼굴을 기억했다.

"난 생선회를 내놓으려고 생선 코너에 있었어요. 그래서 다 봤으니까 본 대로, 들은 대로 경찰에 말하죠."

"하지 마요……."

나도 모르게 애원하듯 매달리며 말했다.

나는 상황을 직접 보지 못했다. 아벨의 잘못이 전혀 없는지 어떤지 판단할 수 없었다. 경찰에 연락하면……. 아벨은 그 '과잉 방어'라나 뭐라나로 감옥에 처넣어질까?

"당신이……,"

사이토네 엄마가 굵직한 팔을 똑바로 뻗어 남자를 가리켰다.

"이 아이가 발을 밟았다고 소란을 피웠어요. 가만히 있는 아이한테 일본말을 못 하는 거냐, 일본이 우습냐, 그러면서 트집을 잡았고요. 덩치 좀 크다고 눈에 뵈는 게 없냐, 그러면서 다짜고짜 이 아이의 멱살을 잡더군요. 아, 참! 그리고 '테러리스트 아냐?'라는 말도 했고요."

주위를 둘러싼 아주머니 손님들이 서로 얼굴을 마주 보고 고개를 끄덕끄덕했다.

"내가 언제……, 그런 말을 했다고."

"아니요, 했습니다. 그쵸, 여러분. 들으셨죠?"

아주머니들이 고개를 끄덕끄덕하고는 인상을 찌푸린 채 남자를 째려보았다.

"남의 멱살을 잡고, 테러리스트 취급을 했으니 어떻게 될지 아주 궁금해지네요. 난 법 같은 건 잘 몰라서요. 경찰한테 그대로 다 말하고, 알아서 판단하라고 해야겠네."

그때 구경꾼들을 헤치고 키 큰 남자가 이쪽으로 왔다. 가슴에 달린 이름표에 언뜻 '점장'이라는 글씨가 보였다.

"아니, 또 아저씹니까?"

점장은 몹시 불쾌한 얼굴로 남자를 향해 인상을 찌푸렸다.

"오늘도 술 드셨어요? 요전에도 소란을 피우시더니, 계산대에 줄 섰는데 새치기당했다고……. 그때 그분, 맞죠? 자꾸 이러시면 다른 손님들께도 이만저만 민폐가 아니라고요."

남자는 갑자기 소심한 표정으로 싹 바뀌더니 "한데, 내가 좀 다쳐서……."라고 우물거렸다.

"좀 볼게요……. 아, 손가락을 살짝 베였네요. 에이, 이제 피도 안 나네. 나중에 병원 가 보시는 게 어때요, 예? 치료비는 못 드려요. 매장이 이 꼴이 되었으니 저희야말로 손해가 막심합니다. 불만이 있거든 경찰에다 신고하시죠."

남자의 낯빛이 붉으락푸르락했다.

"누굴 바보로 아나……? 어린애랑 한통속이 돼서 날 망신 주고 말이지……."

그리고는 핏발 선 눈으로 사람들을 노려보고는 비틀비틀 일어나 걷기 시작했다.

"몸조심하십시오. 아, 앞으로 사실 게 있거든 다른 가게로 가시길 부탁드립니다. 부디 조심히 돌아가십시오."

점장의 지나치게 정중한 목소리에 떠밀려 남자는 도망치듯 건물 밖으로 뛰쳐나갔다.

"애야, 괜찮니? 네가 재수 없게 봉변을 당했구나."

점장과 사이토네 엄마가 여전히 웅크린 채 바들바들 떠는 아벨을 양옆에서 부축해서 일으켜 세웠다. 그리고 뒷마당으로 데리고 나가 빛바랜 소파에서 쉬게 했다.

거친 숨을 몰아쉬고 있는 아벨에게 사이토네 엄마가 차가운 음료를 가져다주었다.

"자, 이거 마셔 봐. 좀 진정될 거다. 너희도 마실래?"

나와 가즈마에게 음료수 병을 내밀던 아줌마가 화들짝 놀란 표정을 지었다.

"앗."

내 얼굴을 보자 뭔가가 생각났는지 갑자기 불편한 표정이었다. 그 체육복 사건을 알고 있는 게 분명했다.

잠깐의 침묵 후 "아, 아까 그 남자, 참 가관이었지?"라며 천연덕스럽게 스윽 화제를 돌렸다.

"나는 매사에 말이지……, 경우 없는 짓 하는 작자가 정말 싫어. 술 취해서 말도 안 되는 트집이나 잡고 말야. 인간 말종이지. 그건 그렇고……."

아줌마는 여전히 초점 없는 눈빛으로 음료에 손도 대지 못하고 있는 아벨을 걱정스러운 듯이 바라보았다.

"이 애 부모님한테도 연락해야지. 충격이 꽤 큰 것 같은데. 부모님이 오셔서 직접 데려가는 게 좋을 것 같은데……. 혹시, 집 전화번호는?"

"얘는……, 아벨은……, 목소리가 안 나와요. 제가 대신."

아벨의 반바지 주머니에서 구형 휴대폰을 꺼냈다. 저장된 전화번호가 딱 하나뿐이었다.

'엄마'였다.

한 시간 후. 직장에서 일하던 아벨의 엄마가 마트로 달려왔다.

폴로셔츠에 청바지 차림. 희끗희끗한 머리칼은 하나로 묶었고, 얼굴에는 피곤한 기색이 역력했다.

화장을 거의 하지 않은 얼굴은 수수해 보였다. 몸집은 아벨보다 훨씬 자그마했다. 하지만 처진 눈꼬리에 선해 보이는 눈동자는 아벨과 똑 닮았다.

점장에게서 상황 설명을 들은 아벨의 엄마는 몇 번이고 머리를 조아렸다.

"폐를 끼쳐서……, 죄송합니다. 저어……, 변상을……."

"아니요, 아닙니다. 아드님은 잘못한 게 없습니다. 변상은 그 사내한테 청구하고 싶은 심정이지요."

"고맙습니다……. 죄송합니다. 정말로 죄송해요."

아벨은 그런 엄마를 보고 낯빛이 조금 밝아져 그제야 음료수를 한 모금 마셨다. 그 모습을 보자 마음이 좀 놓였다.

"아벨, 집에 갈 수 있겠어?"

내가 말을 건네자 아벨은 평소처럼 고개를 한 번 끄덕했다. 눈에도 반짝 빛이 돌아왔다.

아벨과 나쓰키가 손잡고 앞장서 걸었다. 그 뒤로 가즈마와 나, 그리고 아벨 엄마. 이렇게 다섯 명이서 해 질 녘 거리를 걸어갔다.

"너희한테는 늘 신세를 지는구나. 내가 이제 막 요양 보호사 일을 시작한 데다 야근도 많이 해서 늘 아벨을 혼자 두는 바람에⋯⋯. 아벨이 공책에 써서 알려 주더구나. 그래서 알지. 이쓰키 맞지? 그리고 이쪽은⋯⋯, 선생님."

아벨 엄마는 나를 보고 미소 짓고는 가즈마를 향해서 가볍게 고개를 숙였다.

"아벨한테 공부를 가르쳐 준다지? 정말로 고맙구나."

가즈마는 부끄러운 듯도, 화가 난 듯도 한 얼굴로 땅바닥으로 눈길을 떨어뜨리더니 "저는 그런⋯⋯. 선생님은 무슨⋯⋯." 하며 기어드는 목소리로 중얼거렸다.

"오늘도 아벨한테 아무것도 못 해 줬는데⋯⋯."

그랬다. 내가 갔을 때 아벨은 웅크린 채로 떨고 있었고, 가즈마는 파랗게 질린 얼굴로 허수아비처럼 우두커니 서 있었다.

그건 그렇고, 아벨은 왜 그렇게 발작을 한 거지?

남자가 시비를 걸어온 게 그렇게나 무서웠나? 하지만 그 주정뱅이가 떠난 뒤에도 아벨은 여전히 바들바들 떨고 있었어⋯⋯.

"⋯⋯아벨이 왜 그랬을까? 평소의 아벨과 다르던데."

"나도 그렇게 느꼈어. 아벨 목소리를 오늘 처음 들었어."

가즈마가 그대로 땅바닥에 눈길을 떨어뜨린 채 대꾸했다.

"그렇구나, 그게 아벨 목소리였구나."

"맞아. 말이 되지는 않았지만. 아벨은 그 자식한테 멱살을 잡힌 순간, 마구 소리 지르고 날뛰었어. 평소와 다른 모습이었어."

"……아벨은……, 저 애는…….”

아벨 엄마가 나직이 말하고는 아랫입술을 깨물었다. 화장기 없는 입술이 더 창백해졌다.

"아마, 아빠 생각이 났을 거야. 그래서 날뛰었을 거고."

"아빠요? 아벨 아빠 말이에요?"

가즈마가 그렇게 묻는 바람에 나는 반사적으로 가즈마를 팔꿈치로 쿡 찔렀다. 아벨의 엄마가 눈치채지 못하도록 가즈마에게 눈짓으로 호소하면서.

'입 다물어.'

왠지 더 물으면 안 될 것 같았다.

떠올리고 싶지 않은 과거, 아직까지 곪은 채 질펀질펀할 상처.

혹여 아벨과 아벨 엄마에게 그런 상처가 있다면 이제 와서 들쑤셔지는 걸 원하지 않을 거다. 그 심정은 나도 알 것 같았다.

"괜찮아."

아벨 엄마가 그렇게 중얼거리고 손가락으로 흐트러진 머리칼을 귀에 걸었다. 손톱이 아주 짧았다.

"너희 둘에겐 늘 신세지는 입장이라……. 귀찮다 생각지 말고, 아벨에 대해 좀 알아 두면 고맙겠구나."

나와 가즈마는 잠깐 얼굴을 마주 보고 나서 잠자코 있었다.

"저 애 아빠는 지금 자기 나라로 돌아갔지만……."

앞서 걸어가는 아벨과 나쓰키에게 들리지 않도록 하려는지, 아벨 엄마는 나직나직이 이야기를 시작했다.

"그 사람은 나이지리아 출신인데 일본을 참 좋아했어. 동경하던 이 나라에 와서 나를 알게 됐고, 얼마 있다가 아벨이 태어났지. 우리는 결혼해서 함께 살았어. 아는 사람 소개로 같은 공장에 취직해서 열심히 일했지. 그 사람은 일본 사람이 다 된 것 같더라고. 근데……."

아벨 엄마의 시선이 허공을 헤맸다. 옛 기억을 좇는 걸까?

"일본 사람들은 자기와 외모가 다른 사람을 '구별'해. '차별'한다기보다 '구별'하는 거야. 관광객한테는 얼마든지 친절히 대해주지. 하지만 동료로서는 그렇지 않거든. 받아들이거나 마음을 주고받거나 하지를 않아. 아무리 세월이 흘러도 역시 그 사람은 '나이지리아인'이었어. 그렇게 일본을 동경했으니 그만큼 실망도 컸을 거야."

아벨 엄마는 고개를 숙이고 작게 한숨을 내쉬었다.

"직장 사람들과 잘 지내지 못하고, 거기다 실수도 많다는 이유로 월급이 깎였어. 그 일로 신경질을 부리고 우리한테 입에 담지 못할 욕설을 내뱉곤 했어. 간혹 나한테 손찌검을 하기도 했고. 아벨은 늘 바들바들 떨면서 그런 아빠를 슬프게 바라봤지."

옆에서 숨죽이는 가즈마의 기척이 느껴졌다.

"저 애 4학년 때……, 공장에서 직원을 줄이게 됐는데 그 사람이 제일 먼저 쫓겨났어. 그 뒤로 전보다 더 미쳐 날뛰었지. 한번은 벽을 발로 차서 구멍을 뚫어 놨더라고. 그걸 말렸더니 나를……, 사정없이 때리는데, 이러다 죽겠구나 싶었어. 그걸 보고 말리려고 달려드는 아벨을, 그 어린것의 멱살을 잡고……. 미안하다. 역시 다시는 떠올리고 싶지 않구나."

아벨 엄마는 꺼질 듯한 목소리로 말을 끊었다. 하지만 그 작은 목소리가 내 고막을 찌르는 것 같았다.

아빠한테 폭력을?

아직 어린 몸에 주먹질이라니. 생각하는 것만으로도 오싹 소름이 돋고 몸이 후들거렸다.

"옆집에서 경찰을 부르지 않았다면, 나와 아벨은 그때 어떻게 됐을지도 몰라. 사실 난 심하게 다쳐서 입원했다. 내게는 의지할 부모 형제도 없어서 그동안 아벨을 시설에 맡겼어. 퇴원해서 찾으러 갔더니, 글쎄 아벨이 말을 못 하지 뭐야."

나도 가즈마도 충격으로 할 말을 잃었다. 그저 고통스러울 뿐이었다.

아벨, 아벨…….

마음이 어땠을까.

공포를, 불안을, 슬픔을 그 작은 몸 안에 가둬 두고 살았다니.

그때 아벨은 자신의 목소리까지 가둬 버렸던 거다.

"난 지금도 월급이 적어서, 저 애한테 뭐 하나 흡족하게 해 주질 못해. 그게 늘 마음에 걸리고 한심해서……."

"안 그래요!"

나도 모르게 소리쳤다.

"아줌만 열심히 일해서 아벨을 키우시잖아요. 수급비 같은 것도 안 받고 열심히, 누구나처럼 일하고 계시잖아요. 전 그것만으로도 아줌마가 대단하다고 생각해요!"

우리 엄마가 이 아주머니처럼만 해 주면 얼마나 좋을까? 그런 생각을 하자 서글퍼졌다.

"고맙구나……. 그런데 나도 수급비를 받은 적이 있어."

"예?"

"퇴원은 했는데 몸이 어디 마음처럼 움직여야지. 정신적으로도 일어설 수가 없었고. 그래서 한동안 쉬었더니 일하던 빵집에서 그만 나오라지 뭐야. 말을 못 하게 된 아벨도 걱정이고, 직장도 생각처럼 구해지지가 않았어. 그사이 저금해 둔 돈도 바닥이 났고. 어쩔 수 없이 한 반년쯤 기초 생활 수급자 신세가 된 적이 있단다. 그때 그 수급비가 없었으면 못 살았을 거야……."

정말요? 조금 놀랐다. 아벨 엄마도 수급비를 받은 적이 있다니.

"저 앤 아직도 말은 못 하지만, 너희가 이렇게 잘해 주니까 행복할 거야. 덩치만 컸지 속은 아직 어린애야. 공부도 많이 뒤처지고. 부디 앞으로도 우리 아벨을 잘 부탁한다."

아벨이 돌아보았다.

살짝 미소 띤 얼굴로 나쓰키의 손을 잡고 있다.

"저는⋯⋯."

가즈마는 말문이 막히는 모양이었다.

"아무것도 모르고⋯⋯, 그런 일이 있었던 줄은 상상도 못 하고⋯⋯, 오늘도 문제를 못 푼다고 짜증을 냈어요. 더구나 아까 그런 사람한테 제대로 한마디 따지지도 못하고⋯⋯."

"자책하지 마."

아벨 엄마가 가즈마 어깨에 손을 얹고 큰 소리로 말했다.

"아벨은 가즈마 선생님을 좋아해. 공부는 싫어하지만 그래도 해야 한다는 걸 저 애도 이젠 알아. '너는 바보가 아니야.' 그런 말을 했다지? 아벨은 선생님의 그 말이 정말로 기뻤나 보던데."

아벨은 민망한 듯이 엄마가 하는 말을 듣고 있었다. 잠시 머뭇머뭇하고는 가즈마에게 다가가 꾸벅 고개를 숙였다.

오늘 도망친 걸 사과하는 걸까.

가즈마가 고개를 좌우로 흔들었다. 몇 번이고, 몇 번이고.

그 얼굴이 금방이라도 울 것 같았다.

가여운 사람들

마트 사건이 벌어진 다음 날.

나는 내 방에서 노트북을 열었다.

자기혐오가 싸늘하게 온몸을 감쌌다. 나는 우리 집을 좋아하지 않는다. 아버지와 할머니의 비루함에 질렸다. 그런데 모르는 사이에 나도 그 비루함을 고스란히 이어받은 건 아닐까.

권위에 약하고 네임 밸류로 사람을 판단한다.

명문 대학을 졸업했다고 거들먹거리는 주정뱅이의 말에 쫄아서 한마디도 못 하고 우두커니 서 있었던 나 자신을 생각하자 아아악! 비명이라도 지르고 싶어졌다.

골치 아픈 일에 휘말릴 것 같으면 몸을 사린 채 어떻게 처신하는 게 안전한지 눈치부터 살피고, 막상 위험이 닥치면 사고 정지 상태에 빠지고…….

나는 왜 이렇게 소심하고 나약하고 이기적인 사람인가.

'미안해, 아벨.'

어젯밤, 침대에 누워 이리 뒤척, 저리 뒤척 몸부림을 쳤다. 괴로웠다. 그러다 문득 이쓰키의 말이 생각났다.

내가 기초 생활 수급 제도는 부조리하다고 말했을 때다.

이쓰키는 "그렇게 생각한다면 네가 어떻게 좀 해 주든가."라고 말했고, 나는 "나 같은 중학생한테 그런 힘이 어딨다고."라며 대충 얼버무렸다.

물론 내게 사회를 움직일 수 있는 힘 같은 건 없다. 그러나 가난에 고통받는 사람들을 구하기 위한 제도를 알아보는 것쯤은 할 수 있지 않을까.

이쓰키가 그 혜택을 받고 있고, 아벨도 예전에 받은 적이 있다는 기초 생활 수급 제도에 대해서.

노트북 화면의 검색 엔진에 '기초 생활 수급'이라고 입력했다. 그러고 보니 얼마 전에도 이걸 찾아본 적이 있었지.

그때는 이해하기 어려운 딱딱한 문장을 보고 곧바로 화면을 닫아 버렸다. 하지만 오늘은 진지하게 알아보기로 마음먹었다.

엔터키를 눌렀다.

국민 기초 생활 보장 제도, 기초 생활 수급자 자격 요건, 기초 생활 수급 기준 및 혜택, 기초 생활 수급 신청…….

화면에 뜨는 다양한 기사를 보자 머리가 멍해졌다. 무엇부터 알아봐야 하나.

그렇다. 먼저 이쓰키의 말이 사실인지 아닌지 확인해 보자.

기초 생활 수급자 가정의 자녀는 대학에 진학을 못 하는지, 알바를 하면 그만큼 집에서 받을 수 있는 수급비가 줄어드는지, 저축하는 것조차 허용되지 않는지…….

어떤 검색어를 추가해야 더 자세히 알 수 있을까. 거기에 집중하고 있던 나는 뒤에서 방문이 열리는 것도 몰랐다.

"무슨 조사를 하는 거냐?"

바로 등 뒤에서 아버지의 목소리가 들릴 때까지도.

그제야 나는 아버지가 노트북을 들여다보고 있는 걸 알게 되었다. 아버지는 늘 늦게 들어오는 데다 여간해서는 내 방에 들어오는 일이 없었다. 그런데 오늘은 웬일이지?

"기초 생활 수급……? 이게 뭐냐?"

"이, 이건……."

"학교에서 내 준 사회 과제냐? 요즘 학교에서는 기초 생활 수급 같은 걸 다 다룬단 말야?"

아버지는 열어 놓은 노트북 화면을 가리켰다.

"이건 개인적으로 관심이 있어서 알아보는……."

"관심?"

"기초 생활 수급 제도가 여러모로 불충분하고 부조리한 점이 있는지 궁금해서……."

"뭐가 불충분해? 오히려 과하게 주는 거지."

아버지는 평소처럼 단호하게 딱 잘라 말하고는 인상을 썼다.

"가난한 건 자기 책임이야. 그동안 노력하지 않아서 그 정도까지 떨어진 거지. 성실히 일하는 사람이 내는 세금으로 그런 자들을 부양하는데, 그게 더 부조리한 거지."

"그건 말도 안 되는 생각……."

"입시와 아무 상관도 없는 이딴 거나 알아보고 말야. 너, 이런 식으로 시간 낭비할 거냐!"

아버지는 위압적으로 고함을 치고는 한층 더 언짢은 얼굴을 했다.

"가즈마, 요전에 본 모의고사 수학 성적 어땠냐?"

나는 침묵했다. 아버지가 원하는 성적에는 한참 못 미쳤다.

"영어도 바닥이잖아. 너, 지금 고등학교 입시가 몇 달 남았다고 이 짓거리야? 가을까지 점수 못 따라잡으면 아예 가망이 없다. 아무튼 뒤처지는 과목을 철두철미하게 공부해서 꼭 따라잡아. 어이없는 실수만 안 하면 아직은 가능성이 있어."

그리고 마우스 선을 멋대로 뽑아 버리더니 노트북 화면을 닫아 버렸다.

"어서 영어 수학 공부해."

"아아아악!"

나는 소리쳤다.

"입시 공부만 공부예요? 등수, 점수! 그런 것만 생각하면서 공부하면 되냐고요?"

"말이야 그리할 테지, 이상주의자들은. 순수한 학문 연구란 그런 게 아니라고. 하지만 중·고등학교 수준의 공부는 어차피 학문이 아냐. 현실적으로 입시가 주된 목적이지. 잘 들어라. 입시는 경쟁이야. 승자 진출전이란 말이다. 이상, 반론 있어?"

"……."

"이게 다 널 위해서야."

변명하듯 중얼거리는 목소리였다.

"제 자식이 행복하길 바라는 게 뭐가 잘못이야?"

"좋은 학교에 가기만 하면 행복해진다는 거예요?"

"적어도 그 확률은 올라가지."

"확률……."

봇물 터지듯 분노가 부글부글 끓어 넘쳤다. 이 사람의 논리는 언뜻 그럴듯하게 들리지만 실은 허점투성이가 아닌가.

게다가 소리 지르고 고압적으로 말하면 '아, 그렇습니까?' 하고 얌전히 수긍할 걸로 착각하는 것도 더는 못 참겠다. 혼자만 잘났다는 듯한 그 눈초리도, 그 목소리도 정말이지 몸서리쳐질 정도로 싫다.

"좋은 학교에 가면 행복해질 확률이 올라간다……. 정말요? 그럼 그 행복이란 게 뭔데요? 좀 자세하게 듣고 싶은데. 그리고 교통사고를 당하거나, 재해를 당하거나, 병에 걸리거나 할 확률은 어때요? 좋은 학교에 가면 그런 것들이 알아서 다 피해 간대요? 그럼 아버지가 매일 병원에서 보는 환자들, 그 사람들은 다 학벌이 낮겠네요."

아버지는 허를 찔린 듯 잠시 가만히 있더니 이내 얼굴이 시뻘 게졌다.

"억지 부리지 마!"

포효하듯 소리쳤다.

"머리에 피도 안 마른 놈이……, 부모 그늘에서 사는 주제에, 건방진 소리 작작해!"

"부모 그늘에서 사는 게 당연하죠. 아직 미성년자니까요."

"누가 아니래! 난 너한테 뭐 하나 부족하게 해 준 적 없어. 충분하고도 넘칠 만큼 해 줬단 말이다!"

"아, 아, 그래요? 그것참 고맙네요."

이 말에 어지간히 화가 났던지 아버지는 내 옆얼굴을 있는 힘껏 손바닥으로 철썩 때렸다. 왼쪽 뺨을 얻어맞은 충격에 나는 앉아 있던 의자에서 굴러떨어지고 말았다.

"가즈마!"

엄마가 방으로 뛰어 들어왔다.

엄마는 방바닥에 굴러떨어진 채 움직이지 않는 내 얼굴과 등을 어루만지면서 아버지를 홱 쎄려봤다.

"자기 맘에 안 드는 소릴 한다고 손찌검을 하다니⋯⋯. 진짜 못났네!"

"다들 하나같이⋯⋯."

분에 못 이겨 헉헉 숨을 몰아쉬면서 아버지는 나를 가리켰다.

"당신이 그렇게 오냐오냐하니까 저놈이 억지를 부리는 거 아냐!"

"⋯⋯억지⋯⋯. 아하, 그런 걸 억지라고 하는구나."

화끈거리는 볼을 손으로 누르고 아버지를 올려다보았다. 가슴이 싸늘해졌다.

"하긴 제대로 반론할 수 없을 땐, 그런 식으로 말하는 게 편리하겠지."

"그 입 다물지 못해!"

"아니요, 아직 할 말이 있어서 못 다물겠는데요. 전 이제 어린애가 아니거든요."

"넌! 아직! 어린애다!"

그렇게 고함치는 아버지는 어린애처럼 발이라도 동동 구를 것 같았다.

"그 증거를 말해 줘? 넌 생활비 일체를 내게 의지하고 있어. 의식주, 학원비, 그리고 이 노트북도 내가 준 거고. 이리 내."

책상 위에 있는 노트북을 거칠게 들어올렸다. 코드가 뽑혔다.

"그리고 그 휴대폰도!"

충전 중이던 휴대폰도 집어 들었다.

"이거 오늘부로 해약한다. 내가 계약했으니 해약도 간단히 할 수 있어."

득의양양한 얼굴로 양손에 컴퓨터와 휴대폰을 쥐고 가슴 쪽으로 끌어안은 아버지의 모습은 우스꽝스럽다 못해 바보 같았다. 그렇다. 바보란 이런 사람을 두고 하는 말일 것이다.

"좋으실 대로."

나는 싸늘하게 웃었다.

"맘대로 하시죠."

아버지는 씩씩거리며 방을 나섰다.

"휴대폰 해지하면, 급한 일 생길 땐 어떻게 연락하라고!"

엄마가 그렇게 소리치며 뒤쫓아 나갔고, "내가 알 게 뭐야!"라는 대답과 함께 쿵쿵 울리는 발소리가 멀어져 갔다.

잠시 후에 엄마 혼자 내 방으로 돌아왔다. 조심스레 방문을 닫고는 나에게 젖은 수건을 내밀었다.

"뺨이 빨개졌어. 이걸로 식혀."

"고마워요……."

볼에 물수건을 갖다 대자 선득했다. 시원했다.

"호호호."

뭐가 재미있는지 엄마가 갑자기 웃음을 터뜨렸다.

"왜?"

"쌤통이다 싶어서."

"뭐가?"

"네 아버지, 엄마한테도 그러거든. 누구 덕에 먹고사는 줄 아느냐고…….'"

엄마 눈동자에 증오의 빛이 스쳐 지나갔다. 흠칫 놀라 가만히 있자니, 엄마가 표정을 싹 바꾸었다.

"네가 아까 하는 말 들으면서 어찌나 속이 후련하던지!"

다시 소녀처럼 웃는 엄마를 보자 마음이 놓였다. 배배 꼬인 마음이 부드럽게 풀어지는 것 같았다. 엄마는 역시 우리 엄마구나 싶었다.

"입시 공부 말고는 다 시간 낭비다……. 아버지는 진심으로 그렇게 생각하는 건가."

"그럴걸. 자기 학벌에 자부심이 대단하거든. 그런 사고방식이 너무 구닥다리인 거지."

엄마는 어깨를 으쓱하고는 노트북이 사라진 내 책상 위를 보았다.

"아까 아버지한테 혼나는 거 같던데, 뭘 알아본 거니?"

"기초 생활 수급 제도에 대해서……."

"흐음."

엄마는 감탄하는 표정이었다.

"그런 데 관심 있구나. 하긴, 넌 옛날부터 사회 시간에 뭔가를 조사해 가는 숙제가 생기면 꽤나 좋아했지."

"입시에는 별 도움 안 되는데."

"뭐 어때? 뭔가를 알고 싶어 하는 마음이 소중한 거지. 엄마는 네가 관심 있는 문제에 파고드는 거 좋아 보여. 그런데 기초 생활 수급에는 어떻게 관심을 갖게 됐어?"

"친구가……."

무심결에 말이 술술 미끄러져 나왔다.

이쓰키를 '친구'라고 말한 걸 깨닫고, '친구 맞나?' 하고 생각하자 멋쩍긴 했지만 기뻤다. 찬 물수건으로 식힌 뺨 대신 귓불이 달아올랐다.

"우리 반 여자앤데……, 기초 생활 수급자야. 그 애 얘기를 들어 보니까, 제도에 불합리한 게 많아. 그래서 알아봤어."

'우리 아들, 착하구나.'

엄마 입에서 그런 말이 나올 거라고 기대했다.

그런데 엄마는 입을 열지 않았다. 몹시 불안한 눈빛으로 나를 응시할 뿐이었다.

"같은 반……, 여자 애?"

"응, 아픈 엄마 대신 매일 동생을 어린이집에 등하원시킨대."

"너, 그 여자애랑……."

엄마는 쉽사리 말을 꺼내지 못하다가 작정한 듯 물었다.

"사귀는 거니?"

말문이 막혔다. 엄마 입에서 그런 말이 나오리라고는 상상도 못 했다.

"설마! 그런 거 아냐! 말도 안 돼!"

"그, 그렇지? 휴우, 다행이다. 난 또 네가 수급자 집 애랑 사귀는 줄 알았잖아."

그 말투, 그 안도하는 얼굴을 보는 순간, 오물 세례를 받은 듯한 기분이 들었다.

"그게, 무슨 말이야?"

나는 되도록 냉정하게 말하려고 했다. 하지만 슬픔인지 분노인지 모를 것이 치밀어 올라 가슴이 답답해졌다.

"뭐 때문에 놀랐어? 여자애랑 사귈까 봐? 아니면 그 애가 수급자라고 해서?"

"둘 다. 두 가지 다 놀랄 일이지!"

엄마는 이제 막 귀신 저택에서 나온 사람처럼 괴성을 질렀다.

"여자 친구를 사귀는 거라면 시기가 너무 안 좋아. 게다가 엄만 수급자에 대한 이미지가 썩 좋지 않거든. 뭐, 다양한 사람이 있을 테니까 싸잡아서 말할 순 없긴 하지. 그래도 역시 우리하고는 다른 세계에 사는 사람들이잖아."

기가 차서 말이 안 나왔다. 설마 엄마가 이런 말을 할 줄이야.

아버지한테 무시당하고, 할머니한테 멸시당해 온 엄마. 그런 엄마이기에 약자 편에서 한편이 돼 줄 줄 알았는데.

"우리하고는……, 다른 세계라니, 그게 무슨 뜻이야? 깔보는 거네, 그 사람들을."

나는 되물었다.

"그런 거 아냐!"

엄마는 당황스러웠던지 변명을 늘어놓기 시작했다.

"오히려 딱하게, 안타깝게 생각해. 다만, 우리 집은 그런 사람들이랑 접할 기회가 별로 없어서 놀란 거지……."

"됐어, 그만해!"

나는 엄마에게서 눈을 돌렸다. 아버지 엄마 둘 모두에게 이 정도로 실망하는 날이 올 줄은 몰랐다.

호흡을 가다듬으며 요동치는 마음을 가까스로 억눌렀다.

"나도……, 남 말 할 자격은 없어."

그렇다. 바로 얼마 전까지 나도 엄마와 같았다.

'생활 수준이 낮은 사람'의 세계에 혐오감과 공포감마저 품고 있었다.

나는 죽을 때까지 그런 세계를 모른 채 살아갈 줄 알았다.

지금의 생활이 결코 즐겁지도, 행복하지도 않으면서, 마음 둘 안식처마저 잃었으면서.

누가 뭐래도 여기가 가장 좋다. 여기만 한 데가 없다……. 그렇게 나 자신을 타이르면서 눈곱만큼의 우월감을 그러쥐고 살아왔다.

그렇다, 우월감……. 자부심이라기보다는 우월감이었다.

남과 나를 비교할 때만 얻을 수 있는 이 감정.

중학교 입시를 치른 봄에 학원 애들이 나에게 보냈던 선망의 눈빛, 수많은 애들 가운데 내가 뽑혔다는 달콤한 기분.

소요중학교에서 잘렸어도 그때의 기분은 여전히 가슴 저 깊은 곳에 달라붙어 있었다. 그걸 버려야 마음이 편해진다는 걸 알면서도 버리지 못하고 있었다. 나는 역시 남보다 뛰어난 사람이며, 타고난 재능이 있다고 믿고 싶어 하는 이 골치 아픈 감정.

나도, 엄마도, 아버지도, 그리고 할머니도. 자기 안에 있는 이런 감정을 지지대 삼아 살아가는지도 모르겠다.

우리는 행복한 걸까, 아니면 가여운 걸까.

가즈마

생활 보호 수첩

학교가 끝난 뒤, 공중전화를 찾아 학원에 연락했다.

"열이 나서 병원에 좀 왔거든요. 하루 쉬겠습니다."

전화를 끊고 서둘러 시립 도서관으로 향했다.

나는 결심했다. 아버지와 엄마에 대한 낙담으로 그 마음이 더욱 굳어졌다.

내 마음은 당신들 뜻대로 되지 않아. 당신들이 싫어하는 기초 생활 수급 제도에 대해서 오기로라도 알아볼 거야.

정보가 필요한 상황에 컴퓨터와 휴대폰을 압수당한 건 뼈아프지만 다른 방법도 있을 터였다.

잠시 후 도서관에 도착했다. 도서 검색대에서 컴퓨터로 참고

할 만한 책이 있는지 찾아봤다. '기초 생활 수급'을 키워드로 입력하자 백 건이 넘는 자료가 떴다. 그 많은 것 중에서 무엇을 선택해야 할지 도무지 알 수가 없었다.

한참을 망설인 끝에 "저어……." 하고 사서 누나에게 말을 건넸다.

"기초 생활 수급 제도에 대해서 알아보고 싶은데요."

"기초 생활 수급 제도 말이죠?"

사서 누나가 모니터에 시선을 고정한 채 기계적인 어투로 대답했다.

"《생활 보호 수첩》이라는 책에 자세히 나와 있을 거예요."

"그럼……, 그걸."

"잠깐 기다리세요."

잠시 후 사서 누나가 안쪽 서고에서 《생활 보호 수첩》이라는 제목이 박힌 책을 가지고 나와 내 손에 건넸다. 순간 나도 모르게 눈이 휘둥그레졌다.

굉장히 두툼했다. 페이지는 무려 900쪽이 넘었다. 당연하지만 엄청 무거웠다. 수첩은 무슨? 이 정도면 사전이지. 기가 질리긴 했지만 열람실 책상으로 들고 가서 첫 장을 펼쳐 보았다.

무슨 책이 이래? 읽고 싶은 생각이 싹 가셨다.

책장은 깨알 같은 활자로 빽빽이 메워져 있었다. 첫 부분은 '국민 기초 생활 보장법'이라는 법률 조문만 줄줄이 이어졌다.

제1장 총칙(이 법률의 목적)

제1조 이 법률은 헌법 제225조에 규정한 이념에 의거하여 국가가 생활이 곤궁한 모든 국민에 대해서 그 곤궁의 정도에 따라 필요한 보호를 행하고, 최소한도의 생활을 보장하는 동시에 자립을 돕는 것을 목적으로 한다.

아, 생각났다. 언젠가 이와 비슷한 문장을 인터넷에서 보았다. 그때도 이렇게 딱딱한 문장이 줄줄이 이어졌다. 현기증이 날 것 같았다. 내가 알고 싶은 것은 '기초 생활 수급자 가정의 자녀는 대학에 갈 수 없는가?' '저축도 못 하는가?' 따위의 단순한 사항인데, 그런 것은 어디에 나와 있는 거지?

책장을 이리저리 넘겨 봤지만 딱딱한 문장과 이해하기 어려운 도표뿐이었다.

보호의 필요 여부 및 정도는 원칙적으로 해당 세대에 대해 인정한 최저 생계비와 제8조에 의해 인정한 수입과의 대비에 의해…….

집세·방세·토지세 등에 대해서는 해당 비용이 1의 표에서 정하고 있는 액수를 초과할 때는 시·도 또는 지방 자치법 혹은 동 법률 252조의 212…….

'이해 불가'란 이런 걸 두고 하는 말일 것이다. 책 뒤편에 실린 색인에서 '대학'과 '저축'이라는 단어를 찾아봤지만 항목 자체가 없었다. 결국 두 가지 다 안 된다는 말인가.

피로감이 와락 밀려왔다. 이 책의 난해함에 분노가 치밀었다. 애초에 기초 생활 수급비를 받는 사람은 교육 수준이 높지 않은 경우도 많을 것이다. 그런 사람들이 이런 까다로운 법규를 이해할 수 있을까?

이따위 책은 반납해 버려야겠다고 생각하고 카운터로 들고 가자, 사서 누나가 기계적인 어조로 "도서관 카드 주세요."라고 말했다. 반납할 때도 도서관 카드가 필요한가? 의아해하면서 우물쭈물 카드를 내밀었다. 그러자 삐빅 하는 바코드 리더기 소리와 함께 "대출 기간은 2주입니다."라는 말소리가 들렸다.

아니, 저어, 대출이 아니고 반납…….

순간 뒤에서 한 아주머니가 카운터 위에 책을 턱 올려놓는 바람에 무거운 사전 같은 책을 안고 떠밀리듯 열람실을 나왔다. 막막한 마음에 창밖으로 눈길을 던지자 길 건너 맞은편에 건물이 서 있었다.

3층짜리 그 건물은 시청이 확실했다. 저기에는 기초 생활 수급 제도에 대해서 응대하는 창구가 있지 않을까. 거기라면 제도에 대해 잘 아는 사람이 있을 터였다.

시청 안으로 들어가자, 1층에 각 부서의 위치가 표시된 안내판이 있었다. 2층에 있는 생활 지원과라는 안내판이 눈에 들어

왔다. '기초 생활 수급 상담'이라는 설명까지 붙어 있었다.

바로 이거야.

여기 담당자를 찾아가 부탁하면 시간을 내서 설명해 줄까? 그렇게만 된다면 정확한 정보를 얻을 수 있을 텐데. 좋은 생각이다. 그러나 나는 선뜻 나서지 못하고 미적거렸다.

모르는 사람에게 적극적으로 다가가 가르침을 구하는 건 나에게는 용기가 필요한 일이다. 내 성격에는 전혀 맞지 않는 일이다. 이쯤에서 관둘까, 하는 생각이 스멀거렸다.

내가 이런 데서 왜 이러고 있는 거지? 아버지와 엄마에 대한 반항심과 오기로?

문득 그 허름한 방의 광경이 머릿속에 되살아났다. 어쩌다 흘러든 그 안식처. 아저씨가 내리는 커피 향, 아벨의 콧김, 이쓰키와의 입씨름.

계속 소요중학교에 다녔다면 결코 만날 리 없었을 사람들.

온통 이해할 수 없는 것들뿐이었다. 하지만 난생처음 나는 타인과 마음을 나누고 소통을 한 기분이 들었다. 그 시간들이 어느새 마음속에 차곡차곡 쌓여서 지금 내 등을 떠밀고 있었다.

2층 생활 지원과로 들어섰다. 어색한 걸음걸이로 민원 창구에 있는 사람들 중에서 제일 친근해 보이는 인상을 지닌 아주머니에게 다가갔다.

"저어……."

"네?"

손에 든 서류를 분주하게 넘기던 아주머니가 고개를 들었다.

"……기초 생활 수급 제도에 대해 좀 질문할 게 있어서요."

"질문? 수급자의 세대원인가요?"

"아니요, 그건 아닌데요……. 어어, 저어……, 수급비 받는 사람한테 이야기를 듣고 몇 가지 의문이 들어서요."

순간 아주머니가 수상하다는 듯한 눈빛으로 나를 쳐다봤다.

"죄송합니다만, 지금 업무 중이에요."

탁, 셔터를 내리는 듯한 말투였다.

"지금 기다리시는 분이 많아서요. 23번, 오래 기다리셨습니다!"

아주머니가 '분위기 파악 좀 해라!' 하는 표정으로 내게서 눈을 돌리더니 큰 소리로 외쳤다.

뒤를 돌아보니 몇 사람이 의자에 앉아 있었다. 긴장한 탓에 미처 알아차리지 못했지만 다들 순번을 기다리는 중이었다.

수염을 기른 남자가 다리를 달달달 흔들어 대면서 나를 노려봤다.

푸석푸석한 백발의 할머니가 비칠비칠 일어나 창구 쪽으로 다가왔다.

"저번에 안 된다는 말을 듣긴 했는데……. 제발 부탁할게요. 수중에 있는 돈이라곤 이제 2,600엔밖에 없어요."

나는 얼른 뒤로 물러서서 할머니에게 창구를 양보했다.

창구 직원도 순번을 기다리는 사람도 마찬가지로 완전히 치진 얼굴이었다. 전화벨이 계속 울리는데 아무도 받지 않았다.

"으아앙, 으아앙—."

구석 쪽에서 엄마 품에 안겨 있는 아기가 울음을 터뜨리자 짜증 섞인 시선이 일제히 그쪽으로 쏠렸다. 아기 우는 소리와 받지 않는 전화벨 소리가 뒤섞이면서 분위기는 한층 더 살벌해졌다.

"그—러—니—까!"

창구에서 이야기하던 노인이 책상을 탁 소리 나게 내리쳤다.

"당신하고는 도통 말이 안 통해. 대체 뭐 아는 게 있어야지!"

"조용히 좀 해 주세요. 부탁드립니다."

창구 너머에서 코 옆에 점이 박힌, 아직 젊은 남자 직원이 진땀을 흘리며 노인을 달랬다.

"지난달에 우리 할멈 죽었을 때, 당신 뭐라고 했어? 엉? 수급비 받는 사람은 장례식 부의금도 받으면 안 된다, 행여라도 받거든 관공서에 돌려 달라……. 그랬어, 안 그랬어?"

"아닙니다, 그건 오햅니다! 만약 부의금이 수입에 해당한다면 나중에 돌려주실 필요가 있다고 말씀드렸습니다만……. 조사해 본 바로는 돌아가셨을 때 받는 부의금은 수입에 해당하지 않으니 댁에서 가지셔도 된다고……."

"이제 와서 뭔 개소리야! 당신이 그리 깐깐하게 구는 바람에 주위에서 내미는 부의금을 한 푼도 안 받고 다 돌려줬는데. 그 돈만 있었으면 할멈 머리맡에 꽃장식이라도 해 줬을 거 아냐!"

노인은 그렇게 분통을 터뜨리고는 말문이 막히는지 한 번 더 주먹으로 책상을 쳤다.

"어쩔 거야? 무책임한 소리를 지껄인 걸 무슨 수로 책임질 거냐고! 이 월급 도둑놈 같으니!"

"말, 말씀이 지나치십니다. 저는 이래 봬도 몸이 부서져라 일하고 있는데요. 법에 정해진 범위에서 다 받을 수 있도록 힘쓰고 있다고요. 하지만 저마다 상황이 다 달라서 쉽지 않은…….."

"그러게, 그게 다 공부가 부족해서 그런 거 아니냐고!"

나는 또다시 버럭 호통치는 노인에게서 눈을 돌리며 계단 쪽으로 걸어갔다.

틀렸다. 내가 지금 무슨 말도 안 되는 짓을 한 건가. 수급자 세대원도 아닌 데다, 아무 관련도 없는 중학생이 이런 데 와서 한가해 보이는 질문을 하겠다니.

너무 창피해서 귀까지 화끈 달아올랐다. 도망치듯 계단을 뛰어 내려와 시청 건물 밖으로 나갔다.

그리고 구름다리로 이어진 쇼핑몰로 뛰어 들어갔다. 당장 어딘가로 사라지고 싶은 심정이었다. 생각을 멈추기 위해 아까 엉겁결에 빌린 도서관 책을 가슴 앞에 펼쳐 들었다. 그 작은 활자를 눈으로 좇으면서 쇼핑몰 안을 걸었다.

무겁다. 팔이 아프다. 게다가 재미없기로는 우주 최강이다.

괴롭힐 작정으로 찍어 낸 책이 아닐까 싶을 정도로 복잡하고 의미를 알 수 없는 법규들이 나열돼 있었다. 의문을 해소해 줄 것 같은 부분은 어디에도 보이지 않았다. 하도 허탈해서 좌절해 버릴 지경에 이르렀을 때였다.

"아, 역시 가즈마 맞네."

어디선가 달콤한 향기가 풍겨 와 코끝을 간질이더니, 뒤에서 애니메이션 캐릭터 같은 목소리가 날아들었다.

분홍빛 입술을 딱 벌린 채 신발 가게 앞에 서 있는 그 애는 시로타 에마였다.

그 옆에 30대쯤 되어 보이는 남자가 함께 서 있었다. 조각 같은 미남이었다. 게다가 에마의 손에는 그 남자에게서 방금 선물 받은 듯한 쇼핑백이 들려 있었다. 에마는 친밀한 사이인 듯 남자의 팔을 붙잡고 "우리 반 애야."라고 나를 소개했다. 왠지 봐서는 안 될 장면을 본 것 같아 반사적으로 눈을 돌려 버렸다.

"가즈마, 혹시 오해하는 거야? 어머머, 웬일이니! 우리 삼촌이야. 며칠 있으면 내 생일이거든. 삼촌이 선물 사 주셨어."

"그, 그렇구나."

잠깐이나마 망상에 빠져 있던 나 자신이 부끄러웠다.

"어, 재미있는 거 읽고 있구나."

에마네 삼촌이 흥미로운 듯이 내가 들고 있는 책을 들여다보았다.

"걸어 다니면서 《생활 보호 수첩》을 읽는 중학생은 처음 보는 걸. 기초 생활 수급 제도에 관심이 있는 거니?"

"아니에요, 그게……. 음, 그런 거 같아요."

"기초 생활 수급……."

에마가 그렇게 중얼거리고는 내게로 눈길을 돌렸다.

"그거 혹시, 이쓰키를 위해서야?"

"그게 아니라……."

"그 책, 이해가 돼?"

에마네 삼촌이 물었다.

"아니요……, 전혀요."

"당연히 그럴 테지."

에마네 삼촌은 하하하 웃더니 말을 계속했다.

"그거 현장에서 일하는 사회 복지사가 보는 책이거든. 하긴 기초 생활 수급 제도의 바이블이긴 하지. 그래도 좀 더 이해하기 쉬운 책을 보는 게 좋을 것 같은데. 원한다면 소개해 줄게."

"우리 삼촌, 대학교에 강의 나가는 선생님이야. 으음, 뭘 가르치더라."

에마가 고개를 갸웃거리자, 삼촌이 멋쩍은 듯이 대답했다.

"사회학이야! 별 볼 일 없는 말단 전임 강사지만."

"소개해 주세요! 부탁드립니다!"

얼결에 그렇게 소리쳤다.

에마네 삼촌이 고개를 끄덕였다. 그러고는 비어 있는 벤치에 앉아 휴대폰으로 이것저것 검색해 가며 수첩에 뭔가를 줄줄이 적더니 그걸 찢어 나에게 내밀었다.

거기에는 기초 생활 수급 제도에 대해 다룬 몇 권의 책과 그 책의 저자 이름이 적혀 있었다.

희망할 권리

평소처럼 나쓰키를 목욕시키고 아토피 연고를 발라 줬다.

붉은 좁쌀 알갱이 같은 것이 잔뜩 올라온 나쓰키의 피부. 목덜미와 팔꿈치 안쪽, 엉덩이가 특히 더 증상이 심했다.

나아라, 나아라, 어서 나아라. 좋아져라, 좋아져라, 어서 좋아져라.

주문을 외면서 약을 발라 주고 나서 저녁밥을 먹었다.

미리 삶아 둔 파스타 면에 인스턴트 미트 소스를 끼얹었다.

몸에 좋은 것도 좀 먹여야 하는데. 냉장고를 열어 보니 너무 익어서 헐값에 사 온 토마토 하나가 남아 있었다. 그걸 잘라 스파게티 접시에 넣어 줬다.

나쓰키가 텔레비전을 보면서 파스타를 깨작거리는 사이에 살그머니 집을 나왔다.

내가 어린아이로 있어도 좋은 곳. 카페 안식처로 향했다.

오늘은 가즈마가 와 있을 거다. 아벨에게 공부를 가르치는 날이니까.

"어, 이쓰키."

아저씨는 텅 빈 가게에서 한가로이 커피잔을 닦고 있었다.

"곧 축구 중계가 있어서 그런가? 오늘은 통 손님이 없다. 우리도 큼지막한 모니터 들어놓고 스포츠 카페처럼 꾸며 볼거나?"

"꿈 깨요, 돈도 없으면서. 아벨이랑 가즈마는요?"

"아직 공부 중일걸? 아벨 그 녀석, 오늘은 화장실에 한 번밖에 안 갔다."

신발을 벗고 2층으로 올라가자 아벨은 뒹굴거리면서 만화책을 읽고 있고, 가즈마 혼자 상에 앉아 열심히 책을 읽고 있었다. 옆에도 책이 여러 권 쌓여 있었다.

"네가 왜 공부를 해? 아벨 공부는?"

"끝났어. 오늘은 삼각형과 사각형. 요즘 면적 계산법을 기본부터 다시 공부하고 있거든."

"오오."

"조바심 내지 않기로 했어. 또 도망치면 골치 아프니까."

만화책을 읽던 아벨이 벌떡 일어나 입술을 삐죽이더니 샤프펜슬을 집어 들고 자기 공책에 뭔가를 썼다.

'다시는 도망 안 가.'

"믿어도 될거나."

장난기 섞인 가즈마의 대꾸에 둘이 얼굴을 마주 보고 씽긋 웃었다. 생긴 것도, 피부색도, 체격도 전혀 다른데 꼭 형제처럼 보였다.

"아벨 공부도 끝났다면서, 너 집에 안 가?"

"이쓰키……, 너 기다렸어."

가즈마는 읽고 있던 두툼한 책을 덮어 내 앞에 내밀었다.

"……《생활 보호 수첩》? 이게 뭔데?"

책장을 넘기자 빽빽이 박힌 깨알 같은 글씨에 현기증이 날 것 같았다. 페이지 수가 비정상적으로 많아서 백과사전 같았다. 가즈마 얘, 이런 책을 잘도 읽네.

아벨도 힐끔 들여다보고 얼굴을 찡그리더니 다시 만화책을 펼쳤다.

"기초 생활 수급 제도에 대한 책이야. 전에 네가 말했지? 수급자 가정의 자녀는 고등학교를 졸업하면 바로 취업을 해야 한다고. 아르바이트해서 저축할 자유도 없다고."

그랬다. 전에 뭐 때문인지 너무 화가 나서 무심결에 내 처지를 지껄인 적이 있었다.

"설마……."

나는 상 위의 책과 가즈마를 번갈아 보았다.

"그걸 알아본 거야? 이 어려워 보이는 책으로?"

자세히 보니 안경 속의 눈이 충혈되어 있었다. 거기다 눈빛은 게슴츠레한 게 혹시 수면 부족? 눈이 이 지경이 되도록 계속 책을 읽은 거야?

"너무 어려워서 아직은 잘 모르겠어."

가즈마는 《생활 보호 수첩》 표지에 손을 얹으며 수줍은 듯이 말했다.

"근데 우연히 에마네 삼촌을 만났어. 대학에서 사회학을 가르치는 선생님이래. 그 삼촌이 알기 쉽게 설명된 책을 몇 권 알려 줬거든. 도서관에서 그걸 다 빌려 읽었더니 대충은 궁금증이 풀렸어."

"에마네 삼촌……?"

언뜻 들은 적이 있었다. 대학 강사라든가 하는 삼촌 얘기.

"그거 말해 주려고 지금까지 기다렸어. 이쓰키, 결론부터 말하면 넌 잘못 알고 있어. 너는 대학에 갈 수 있어. 고등학생이 되면 알바해서 저축도 할 수 있고."

"뭐?"

너무나 갑작스레, 그것도 뜻밖의 말을 듣자 머릿속이 혼란스러워졌다. 가즈마는 멍하니 있는 나에게 담담하게 이야기를 시작했다.

"그때 네가 말했지? 아르바이트하면 수급비가 그만큼 줄어들게 된다고. 그래서 저축을 해도 아무 의미가 없다고. 또 애초에 수급자 가정에서는 저축을 하는 게 법적으로 허용되지 않는 일이라고."

"말했던 것도 같고……."

"기본적으로는 그 말이 맞아. 하지만 예외적인 경우가 있어."

"예외……?"

"그래. 고등학생이 자신의 장래를 위해 아르바이트해서 돈을 저축하는 건, 몇 년 전부터 예외로 인정받을 수 있게 됐어. 유흥이나 사치품을 살 목적으로 하는 건 안 되지만, 진학이나 취직 준비를 위해서라면 할 수 있어. 집에서 받는 수급비도 줄지 않아."

어안이 벙벙했다. 정말인가?

그런 '예외'가 있다는 말은 한 번도 못 들었다.

"알바하면, 그게 내 돈이 된다고? 장래를 위해서라면 저축해도 된대?"

"그래, 사용처에 대한 세세한 규정이 있긴 해도……. 그리고 수급자 가정의 자녀는 대학에 진학하지 못하고 곧바로 취직해야 한다고 했는데……,"

가즈마는 안경을 고쳐 썼다.

"그것도 기본적으로는 맞는 말이야. 그런데 이것도 약간의 편법을 쓰면 돼."

"편법……."

"수급자 가정의 일원인 이상 고등학교를 졸업하면 바로 일을 해야 하는 건 맞아. 하지만 네가 지금의 가족에서 떨어져 나오는 방법이 있어."

"뭐?"

놀라움과 동시에 분노가 치밀었다.

"나더러 나쓰키를……, 엄마를 버리고 집을 나오란 말이야?"

"그게 아니고. 지금처럼 함께 살면 돼. 다만 서류상으로만 그렇게 해 놓는 거지."

가즈마는 다른 책 한 권을 집어 들고 포스트잇이 붙은 페이지를 펼쳤다.

거기에는 커다란 활자로 '대학 진학 시의 세대 분리에 대해서'라고 쓰여 있었다.

"함께 사는데도 세대는 달라지는 거지. 그걸 어려운 말로 '세대 분리'라고 하는데, 그렇게 해 두면 고등학교 졸업 후에도 대학에 진학해서 계속 공부할 수 있게 돼."

"대학……, 진짜로 갈 수 있는 거야? 사회 복지사 얘기랑 너무 다르잖아."

나는 어리둥절한 얼굴로 중얼거렸다.

"그 사람이 틀린 말을 한 건 아냐. 다만, 예외나 편법이 허용되는 부분도 있는데, 그렇게까지 세세하게 설명을 하지 않았을 뿐이지. 그렇게 생각하면 직무 태만일 수도 있겠다. 그게 아니라면……"

가즈마는 다시 《생활 보호 수첩》이라는 책을 가리켰다.

"이런 엄청난 분량의 법규가 전부 머리에 들어 있지 않을 수도 있어. 분량도 많고 해마다 내용이 조금씩 바뀌니까. 사회 복지사라고 다 완벽하지는 않을 거 아냐? 개중에는 부족한 지식으로 많은 업무를 소화하느라 허덕허덕하는 사람도 있을 것 같은데."

나는 우리 집 담당 복지사의 얼굴을 떠올렸다.

그 사람도 허덕대는 쪽일까? 하지만 내 가슴속엔 원망보다 먼저 차오르는 감정이 있었다. 조용한 흥분이 파도처럼 철썩철썩 밀려왔다.

"뭐야……"

그 파도를 억누르려고 일부러 퉁명스럽게 내뱉어 봤다.

"나……, 대학 갈 수 있는 거야?"

내가 내뱉은 말이 내 귀로 들려온 순간 갑자기 콧날이 시큰해졌다.

나도 대학에 갈 수 있어? 꿈을 가져도 돼?

진로를 선택할 자유가 나에게도 있는 거냐고?

"하지만 쉽지는 않을 거야."

가즈마의 냉정한 목소리에 퍼뜩 제정신으로 돌아왔다.

"입학 때 드는 돈이야 나라에서 어느 정도 지원해 줄 거고, 고등학교 때 알바해서 저축해 두면 되겠지. 학비도 장학금 같은 걸로 어떻게든 해결될 거고. 그런데…….”

“근데 뭐?”

“지금의 법으로는 ‘세대 분리’가 된 자녀는 수급비를 받을 수 없게 돼 있어. 그러니까 집에는 엄마랑 나쓰키, 두 사람 몫의 돈밖에 안 나오는 거지. 네 생활비는 너 스스로 해결해야 돼. 거기다 장학금을 받으면 좋겠지만, 그게 안 되면 아르바이트라도 해서 돈을 벌어야 하고. 학교 다니면서 공부하는 것만으로도 버거울 텐데, 너는 나쓰키를 돌보고 집안일까지 해야 하잖아. 그걸 다 감당하기엔 너무 힘들지 않을까…….”

“괜찮아.”

나는 다시금 가즈마를 보았다.

“나……, 터프하거든!”

기억의 나사가 천천히 반대로 돌아갔다. 아빠의 모습이 눈앞에 되살아났다.

“우리 이쓰키는 터프한 여자가 될 거야.”

그렇게 말하며 웃던 소리도 귀에 들려오는 듯했다.

엄마의 건강 상태는 앞으로 어떻게 변할까. 내가 스무 살이 될 때 나쓰키는 겨우 초등학교 1학년이다. 일해서 돈 벌면서 공부해야 한다. 거기에 나쓰키를 돌보고 집안일도 다……?

그래도.

꿈을 펼칠 수 있는 가능성이, 한 줄기 빛이 내 앞에 비쳤다.

"이쓰키, 넌 대학에 왜 가려는 거야?"

가즈마가 조심스럽게 물어 왔다.

"······간호사가······ 되면 좋겠다고 생각한 적이 있어."

열두 살의 어느 날, 아빠가 죽고 나서 엄마는 의지가 되기는커녕 오히려 구급차에 실려 갔다.

이대로 엄마마저 죽으면 외톨박이로 어떻게 살아야 하나. 그 드센 성미는 어디로 달아났는지 목소리도 나오지 않을 정도로 불안했다.

그때 내 등을 어루만져 주던 손.

내가 그 손에 얼마나 큰 위로를 받았는지 모른다.

"엄마가 아파서 쓰러졌을 때, 간호사 선생님을 만났어. 그분이 우리가 가난하단 걸 알고, 자기 일도 아닌데 이리저리 뛰어다니면서 알아봐 준 덕분에 우린 기초 생활 수급비를 받게 됐고, 그때 얼마나 도움이 됐는지 몰라."

"그랬구나. 그래서······."

"응, 알에서 나온 새의 새끼는 제일 먼저 본 걸 엄마로 안대."

"아, '각인'이란 거······."

"그래, 바로 그거. 절망의 구렁텅이에 있던 내가 그때 처음으로 제대로 된 어른을 본 거야. 커서 뭔가가 될 수 있다면 그 사람 같은 간호사가 돼야지, 계속 그런 생각을 해 왔어."

처음이다, 이런 부끄러운 꿈을 남에게 얘기한 게. 그런데 막상 말하고 보니 내내 누군가에게 말하고 싶었던 것 같기도 했다.

"하지만 간호사는 고등학교만 나와서는 될 수 없어. 대학에 가서 공부해야 돼. 포기하지 말았으면 좋겠다. 결코 쉬운 길은 아니겠지만."

앞으로 걸어야 할 내 고생길을 예상이라도 하듯 가즈마의 낯빛이 흐려졌다. 그 옆에서 아벨이 만화책을 덮고 샤프펜슬로 공책에 뭔가를 써서 내게 건넸다.

'이쓰키 누나, 간호사 될 수 있을 거야. 좀 무섭긴 해도 듬직한 사람이니까.'

공책에는 평소처럼 개미 행렬 같은 작은 글씨가 즐거운 듯 춤추었다.

"무섭다니, 이게!"

장난스레 아벨의 등짝을 찰싹 때리면서도 가슴에 뜨거운 것이 뭉클하게 올라왔다.

될 수 있을까? 그 꿈이 실현될까? 내내 마음속에 간직해 온 '제대로 된 어른'이 될 수 있을까?

가즈마가 상 위에 쌓아 둔 책 더미에 눈길을 돌렸다.

"이번에 조사하면서 알았는데, 제도란 게 너무 복잡하고 까다로워서 전문가도 이해하기 어렵겠더라. 모든 상황을 다 상정해서 만들었을 테고, 그래서 규정이 촘촘해졌다는 건 알겠는데……. 예외라든가 편법 같은 걸 쓸 수 있게 만들었다는 게 이해가 안 돼."

"맞아, 맞아. 좀 더 알기 쉽게 만들 것이지. 그래서 내가 지금까지 저축도 대학 진학도 못 하는 줄 알았던 거 아니냐고."

"결국 제도란 건, 모르면 확실히 손해를 보게 돼 있어."

가즈마의 목소리에 슬픔과 분노가 배어 있었다.

"이 책 전부 도서관에서 빌린 건데, 아직 반납하지 않아도 되니까 여기 놓고 갈게. 참고가 될 거야, 읽어 봐."

"이런 책을 꼼꼼히 읽고 공부해 두라고?"

나는 가즈마가 쌓아 놓은 책들을 가리켰다.

"생활에 쫓기는 사람들은 그럴 짬도 여력도 없어. 그리고 아무리 많은 정보를 얻어도 이거 이용하고 싶다, 저거 이용하고 싶다, 그러면 사람들이 또 욕할지도 모르고. 가난한 것들이 주제를 모르고 설친다고, 뻔뻔하다고……."

그 '기초 생활 수급자 체육복 사건'을 떠올리자 다시금 마음속에 잿빛 안개가 피어올랐다.

'좋겠다, 너희는. 이득을 처얻어서.'

그런 비난을 듣는 게 끔찍이 무서웠다. 살아 있는 것만으로도 감사하자, 돈을 받고 있으니 감사하자. 그런 마음가짐으로, 눈에 띄지 않게 조심스럽게 살아가는 것이 우리 가난한 사람들의 운명이라고 나 자신을 타일렀다.

그렇게 생각하면서 내내 견뎌 왔다. '될 대로 되라지' 하는 심정으로. 그러다 문득문득 이대로 미래를 포기해야 하나 싶어 심사가 꼬이기도 하고…….

"뻔뻔하지 않아. 그건 권리야."

가즈마는 딱 잘라 말하고 《생활 보호 수첩》을 가리켰다.

"이 책, 도무지 이해가 안 돼서 맨 앞에 수록된 법률 조문만 여러 번 읽어 봤는데. 그중에 마음에 남는 게 딱 한 가지 있었어."

"그게 뭔데?"

"기초 생활 수급법 제1장 제2조 '모든 국민은 이 법률이 정하는 요건을 충족하는 한 이 법률에 의한 보호를 차별 없이 공평하게 받을 수 있다.'"

가즈마는 법 조항을 술술 암송했다.

"차별 없이? 공평? 헐, 말은 참 번드르르하네."

"그러게. 세상은 공평하지 않아. 모두가 평등하다는 말, 난 거짓말이라고 봐. 하지만 이 법률은 그렇게 말하지 않아. 기초 생활 보장은 '차별 없이 공평'해야 한대."

가즈마는 그렇게 힘주어 말한 뒤 표지로 눈길을 떨어뜨렸다.

"가난은 자기 책임이라고 주장하는 사람도 있지만 이 법은 그렇게 단정하지 않아. 노력이 부족한 탓이라거나, 행실이 나쁜 탓이라거나, 그런 식으로 과거에 대해 일절 묻지 않아. 정말로 빈곤한 사람들 모두에게 공평하게 손을 내밀자고……. 이 부분에서 나는 사람을 믿어도 될 것 같다는 생각이 들었어."

멍하니 쳐다보는 나와 아벨의 시선을 느꼈는지, 가즈마는 얼굴을 붉히며 수줍게 말을 이었다.

"작고, 약하고, 이기적이긴 해도……, 인간은 꽤 쓸모 있는 존재가 아닐까 생각했어."

"네가 하는 말은 어려워서 잘 모르겠고,"

나는 진심을 담아 말했다.

"너 같은 애가 이 세상에 없으면 곤란하다는 거. 그거 하난 알 거 같다."

가즈마는 한층 더 붉어진 얼굴로 멋쩍게 미소 지었다.

그날은 축구 중계 때문인지 정말로 손님이 아무도 없었다. 아저씨는 장사를 포기하고 우리에게 저녁밥을 해 줬다.

감자튀김, 꼬투리째 삶은 풋콩, 오징어 링에 닭고기 튀김, 샌드위치, 오이 피클을 뷔페 접시처럼 푸짐하게 담아 주스와 함께 2층으로 들고 올라왔다.

"자, 먹어라. 인석들, 많이 많이 먹어."

"와아, 진수성찬이다! 이래도 돼요?"

"손님도 없는걸, 뭐. 이거 봐, 선생님. 오늘은 먹고 가. 아벨의 공짜 과외에 대한 감사 표시라고."

됐습니다. 집에 가서 먹어야 해요. 그렇게 나올 줄 알았는데 가즈마는 순순히 "고맙습니다."라고 인사하고는 샌드위치에 손을 뻗었다.

"어어, 괜찮은 거냐? 여기서 먹고 가도?"

"괜찮아요."

그리고 샌드위치를 오물오물 씹어 넘기고는 "맛있다."라고 말했다.

"그렇지? 그렇지? 맛있지? 많이 먹어. 아, 아벨은 적당히 먹어라. 너는 너무 먹어서 탈이야. 아, 튀김만 먹지 말고. 채소도 먹어야지!"

할 수 없다는 듯이 피클을 입에 넣은 아벨이 입을 오므리고 뭐라 표현할 수 없는 표정을 지었다. 그 얼굴을 보고 나와 가즈마가 웃음을 터뜨렸다.

"안식처네요, 여기."

가즈마는 언젠가 했던 말을 또 중얼거렸다.

"오, 오, 그럼. 어쨌거나 여긴 '카페 안식처'니까."

아저씨가 캔 맥주를 마시면서 자랑스러운 듯이 중얼거렸다.

나는 감자튀김을 먹으며 천장을 올려다보았다. 아벨도 가즈마도 함께 올려다보았다.

지저분한 천장이 고향의 밤하늘 같다. 저 옹이구멍은 무슨 별일까. 북극성?

거무스름하게 퍼진 얼룩은 성운처럼, 또 은하수처럼 보이기도 했다. 저 밤하늘로 날아오를 수 있다면.

"히야, 이쓰키! 요즘 수업 듣는 거야?"

쉬는 시간에 공책에 밑줄을 긋고 있자니 에마가 놀리듯 말을 걸어왔다.

"왜, 안 되냐?"

"그게 아니고—."

에마는 내 얼굴 앞에 대고 손사래를 쳤다. 코끝이 맹맹하게 울리는 애니메이션 캐릭터의 목소리. 어릴 때부터 그랬다.

"반가워서 그러지. 맨날 피곤해서 축 늘어져 있는 이쓰키가 웬일로 좀 팔팔해 보이잖아."

"쓸데없는 오지랖은……."

"너무해—. 쓸데없는 오지랖이라니! 그럼 오지랖 떠는 김에 좀 더 떨어 볼거나. 이쓰키, 뭐 좋은 일 있는 거야? 예를 들면……, 누구한테 고백 받았다든가?"

"뭐어? 없어, 없어! 그런 거!"

"없어? 그래? 난 또 백 퍼 그런 건 줄 알았지. 흐음, 뭐 아무렴 어때? 건강해 보여서 다행이야."

"목표……가 생겼거든."

그만 말해 버리고 말았다.

"어? 목표! 뭔데, 뭔데? 어떤 목표?"

"말 못 해."

"뭐야아, 말해 주라아."

무시해 버렸다. 아직은 거기까지 털어놓을 생각은 없으니까. 에마를 싫어하진 않지만 에마네는 보통의, 그러니까 제대로 된 가정이다. 그 점은 우리가 초등학생이던 때와 다르게 언제나 내 입을 무겁게 했다.

마음속으로만 중얼거린다.

에마, 내 목표는 나라가 주는 돈을 받지 않고도 굶지 않고 오늘을 살 수 있는 사람이 되는 거야. 가능하면 원하는 직업을 갖고, 그걸로 돈을 벌 수 있는 사람이 되는 거야.

에마, 너에겐 바보 같은 목표겠지? 하지만 나는 이렇게 기본적인 것마저도 영원히 불가능한 줄 알았어.

그런데 마침내 자그마한 빛이 보이기 시작했어.

비록 구름에 가려진 별처럼 미덥지 못한 빛일지라도 지금은 그 빛이 사무치게 사랑스러워.

이룰 수 없는 꿈

오늘은 아벨에게 '비례'의 기초를 가르쳤다.

아벨은 아직 이해력이 부족해서 진도 나가는 속도가 더뎠다.

"빈 수조에 물을 넣는 거야. 1리터 넣으면 물의 양은 높이 3센티미터까지 차올라. 2리터 넣으면 6센티미터까지. 그럼 7리터를 넣으면 몇 센티미터까지 차게 될까? 자, 보자."

문제가 너무 어려운지 손동작을 멈추고 잠자코 있는 아벨. 나는 공책에 표를 그렸다.

1 밑에 3. 2 밑에 6. 3 밑에 9…….

'알았다!'라는 얼굴로 아벨은 7 밑에 있는 빈칸에 21이라고 써 넣었다.

"오케이! 정답이야."

빙글빙글 동그라미를 그리면서 X와 Y를 사용한 비례식은 언제쯤 나갈 수 있을지 생각하자 조금 불안해졌다. 하지만 거북이처럼이든 달팽이처럼이든 앞으로 나가고 있는 건 확실했다.

지금 아벨의 수조는 밑면적이 너무 넓어서 물을 1리터 부어도 1센티미터 높이밖에 차지 않는다. 하지만 2리터 부으면 2센티미터가 차고, 3리터 부으면 3센티미터가 찰 것이다.

이것도 비례다. 아벨은 열심히 하고 있다.

그리고 밑면적이 넓다는 게 딱히 나쁜 것도 아니라는 생각이 들었다. 내 수조는 가느다란 메스실린더 같았다. 그래서 위에서 물을 쏟아부으면 늘 넘치곤 했다.

하지만 천천히 느긋하게 찰랑찰랑 물을 채워 가는 아벨의 수조……. 그 수조를 볼 때면 마음이 누그러진다. 좁기만 하던 내 세계까지 넓어지는 것 같다.

다음으로 점점 무거워지는 추의 무게를 계산하는 연습 문제까지 쉬엄쉬엄 풀고는 오늘은 이만 끝내기로 했다. 집에 갈 준비를 하는데 교대라도 해 주는 것처럼 이쓰키가 계단을 올라왔다.

통탕통탕 퉁기는 발소리를 듣자 내 기분도 약간 통통 튀었다.

"아, 더워."

목소리가 나고 문이 열렸다. 땀에 젖은 앞머리칼이 이마에 달라붙어 있었다.

"에이, 에어컨이 하나도 안 시원하잖아."

이쓰키는 그렇게 투덜거리고 벽에 걸린 고물 에어컨을 올려다보았다.

"응, 슬슬 수명이 다 돼 가는지 설정 온도를 내려도 별로 시원해지지가 않아."

"아저씨한테 에어컨 새로 사 달라고 해 볼까?"

"그러기가 쉽지 않을 것 같은데."

"아이 씨, 그럼 여름이 지옥이잖아."

말은 그래도 이쓰키의 눈은 웃고 있었다.

이쓰키는 아벨 옆에 앉더니 천 가방에서 문제집과 공책을 꺼냈다.

"영어?"

"응."

이쓰키는 곧바로 묵묵히 문제를 풀기 시작했다. 요즘은 여기 오자마자 이렇게 곧바로 공부를 시작했다.

"집에선 도무지 집중이 안 되는데, 여기 오면 잘된단 말야."

"그렇구나."

"기말 성적, 별로 안 좋았거든."

"내가 뭐……, 도와줄까?"

조심스럽게 내 의중을 내비치자 이쓰키는 고개를 가로저었다.

"아벨 공부, 다 끝났지?"

"응, 일단은……."

"그럼 가."

이쓰키가 내 얼굴 앞에서 휘이휘이 손등을 앞뒤로 흔들었다.

"너도 공부해야 하잖아. 무지무지 어려운 고등학교 시험 준비할 거 아냐."

"그런가."

"남 일처럼 말하지 마. 그리고……."

이쓰키는 말을 끊고 공책에 눈길을 떨어뜨린 채 작은 소리로 중얼거렸다.

"야! 여러 가지로……, 고맙다."

퉁명스레 내뱉는 말에 나는 내 귀를 의심하며 허둥거렸다.

"아, 아닌데……."

"내가 이렇게 생겨 먹었어도, 인사 정도는 할 줄 안다고."

"아닌데……."

"아닌데……라니, 뭐가!"

풉! 웃음을 터뜨리는 이쓰키를 따라 나도 웃었다.

고개를 수그린 채 만화책을 읽던 아벨도 상반신을 들고 하얀 이를 드러내며 웃었다.

"그럼!"

이쓰키가 팔락팔락 손을 흔들었다.

"먼저 갈게."

나는 일어나서 책가방을 손에 들었다.

계단을 내려가자 오늘은 가게에 손님도 웬만큼 들었고, 아저씨도 분주하게 일하는 중이었다.

아저씨는 그 와중에도 나를 보고 수고했다 말하듯 씨익, 말없이 미소 지었다.

방해가 되지 않도록 고개만 까딱 숙여 인사하고 가게 문을 열었다.

딸랑딸랑 카우벨이 울렸다. 벌써 6시 30분이 지났다.

서쪽 하늘이 오렌지 빛으로 물들면서 차츰 밤기운도 짙어졌다. 장마가 끝나기 직전의 공기는 눅눅했다. 하지만 내 마음속에서는 살랑살랑 기분 좋은 바람이 불었다.

'고맙다.'

이쓰키가 그렇게 말했다.

입이 거친 그 애에게 그런 말을 듣다니.

따스한 감정이 가슴 가득 은은하게 차오르는 걸 느끼며 노을 진 저녁 하늘을 올려다보았다.

어둑어둑해지는 거리를 종종걸음으로 걷기 시작했을 때였다.

"우왓!"

손에 커피 컵을 든 남자가 나와 부딪힐 뻔하고는 그렇게 외마디 소리를 질렀다. 그는 카페에서 대각선 맞은편에 있는 편의점에서 나오던 참이었다. 나는 놀라서 얼른 피했다.

남자의 얼굴이 낯익었다.

쭉 째진 가느다란 눈, 어둡게 가라앉은 표정.

"앗."

쿵쿵쿵, 심장이 불길하게 늑골을 마구 걷어찼다.

전에 마트에서 아벨에게 시비를 걸었던 사내다.

아벨의 멱살을 잡고 끝내 공황 상태에 빠지게 했던 그 사내.

"똑바로 보고 걸엇!"

그렇게 소리치고 고개를 든 사내는 그제야 내 얼굴이 생각난 모양이었다.

"그때 그…… 중딩?"

그러더니 한쪽 입꼬리만 샐쭉 올리고 웃으며 끈적한 목소리로 말했다.

"이야, 설마 이런 데서 또 만날 줄 몰랐는걸."

오싹 소름이 돋았다.

사내는 '카페 안식처'를 흘끔흘끔 쳐다봤다.

"방금 저 가게에서 나왔지? 너, 저 집 아들이냐?"

그렇다고도 아니라고도 말하지 못하고 나는 가만히 서 있었다. 아무런 정보도 주지 않는 편이 좋을 것 같았다.

"중학생이 혼자 카페에 들락거리다니 영 수상하단 말야. 아무래도 저 가게 아들이거나 저기서 일하거나, 둘 중 하나인 것 같은데."

얼굴을 돌린 채 말없이 거기서 빠져나오려는데, 남자가 두 팔을 벌리고 내 앞을 가로막았다. 마치 길 막기 놀이를 하는 어린 애처럼.

"……비켜 주세요."

"돈 좀 빌려 다오."

나는 뒷걸음치며 경계 수준을 높였다.

내가 만약 고슴도치였다면, 그 순간 온몸의 바늘을 전부 세웠을 거다.

"아하하! 농담이야, 농담."

남자는 무책임하게 웃었다.

"저번엔 취해서 좀 치근댔지만 말야, 나도 상식이란 게 있는 사람이야. 나, 그리 무서운 사람 아니다. 안심해."

나는 눈을 치켜뜨고 남자를 노려보았다. 대체 어느 구석에 상식이 있다는 말인가. 뭘 보고 안심하라는 건지.

이 남자가 아벨의 멱살을 잡고 내질렀던 말을 나는 잊을 수가 없었다.

"너, 왜 그렇게 사람을 기분 나쁘게 보는 거냐? 그땐 말이야, 내가 직장 면접에 떨어져서 속상해서 그랬던 거라고. 왜 그럴 때 있잖냐."

속상하면 사람에게 상처 주는 말을 지껄여도 된단 말인가.

"너 같은 중딩이 그 심정을 어찌 알겠냐만. 살다 보면 여러 가지 사정이 있걸랑."

그렇다. 여러 가지 사정이 있다. 아벨도, 이쓰키도, 그리고 나까지도 그 여러 가지를 견뎌 내고 있다. 당신만 사정이 있는 줄 알아!

"그건 그렇고, 가게가 어째 저래 촌스럽냐."

아예 상대조차 하지 않는 나를 도발하려는 듯 남자는 카페 안식처를 턱으로 가리켰다.

"이 가게 아들이라면, 너도 참 여러모로 힘들겠다. 세련된 가게가 쌔고 쌘 판에 '안식처'가 뭐야, 촌스럽게."

남자는 지난번 마트 사건에 대해 앙심을 품고 있는 게 분명했다. 그래서 이렇게 초등학생 수준의 말을 툭툭 내뱉고 있는 것이리라.

도발에 응하지 말자. 적당히 틈을 봐서 눈치껏 여길 뜨자.

그러나 생각과 반대로 불끈불끈 화가 치밀어 올랐다. 이곳을 나쁘게 말하는 데는 견디기 힘들었다.

"아저씨보다는 나아요."

나도 모르게 그렇게 중얼거리고 말았다.

"뭐라?"

"촌스러워도 괜찮아요. 아저씨보다 천 배는 나으니까. 자신이 얼마나 한심해 보이는지 알기나 해요? 난 당신 같은 어른은 절대 되고 싶지 않아. 경멸해."

"이게ㅡ."

남자는 낮게 깔린 목소리를 쥐어짰지만 다음 말은 이어지지 않았다.

내가 무심결에 사내의 가장 아픈 곳을 찔렀는지도 모르겠다.

"이게ㅡ."

남자는 입술을 파르르 떨면서 들고 있던 종이컵을 발밑에 패대기쳤다. 찰싹, 커피가 바닥으로 쏟아지며 사방으로 튀었다.

"날 무시했지! 날 무시했어! 무시해……."

남자는 발을 쿵쿵 구르면서 반쯤 우는 얼굴로 발악했다.

나는 남자의 말을 끝까지 듣지 않고 슬그머니 그 자리를 벗어나 뛰기 시작했다. 그리고 큰길로 나가 붐비는 사람들 사이로 섞여 들어갔다. 뒤돌아봤지만 남자는 쫓아오지 않았다. 전력 질주를 한 데다 공포심으로 숨이 차서, 허벅지에 두 손을 얹고 헉헉 숨을 몰아쉬었다.

하지만 그때 나는 일종의 성취감에 도취돼 있었다. 아벨에게 입에 담지 못할 말을 내뱉은 사람. 그런 그에게 한 마디도 되받아치지 못했던 나.

그걸 오늘에야 되갚아 줬다. 얻어맞은 공으로 상대의 얼굴을 정통으로 되받아쳐 준 거다.

아벨의 복수를 했다는, 정의의 철퇴를 휘둘렀다는, 그런 묘한 만족감에 취해 있었다.

그것이 어떤 화를 초래했는지, 나는 이튿날 아침에야 알았다.

평소처럼 전철을 타고 역에서 내려 학교로 걸어가던 중이었다. 국도를 끼고 소방차 몇 대가 서 있는 게 보였다.

"골목에 있는 카페에 불이 났대."

"아, 그 구닥다리 카페?"

오가는 사람들의 수군거림.

심장이 사정없이 늑골을 걷어찼다. 등줄기가 서늘해졌다.

설마……, 설마 아니겠지.

몸속에서 불길이 활활 타오르는 것 같았다. 머릿속이 시뻘게졌다. 무작정 뛰기 시작했다. 불안과 공포로 내 자신이 시커멓게 타 들어가는 기분이었다.

"아, 학생! 아직 들어가면 안 돼!"

제지하는 소방관의 말을 뿌리치고 현장을 둘러친 접근 금지 테이프를 들어 올리고 골목 안으로 뛰어갔다.

가게는? 카페 안식처는 어떻게 됐지?

현장을 확인한 순간, 다리에 힘이 탁 풀렸다. 하마터면 그 자리에 주저앉을 뻔했다.

끔찍한 예감과는 달리, 가게는 여전히 그 자리에 서 있었다. 아무래도 신속하게 불을 끈 모양이었다. 그러나 외벽은 새까맣게 그을리고 나무문은 불에 타 버린 상태였다. 가게 앞에 내놓은 쓰레기통과 화분 속 식물도 처참하게 잿더미가 되어 버렸다.

후줄근한 운동복 차림의 주인아저씨가 경찰관과 이야기를 나누고 있었다.

"아저씨!"

헉헉거리며 뛰어가자, 아저씨가 "오우!" 하고 반갑게 손을 들었다. 아저씨가 무사하다는 사실을 확인하는 순간, 또다시 다리에 힘이 풀렸다.

아저씨는 금세 심각한 얼굴로 돌아가 경찰관과 다시 이야기를 나누었다.

그 뒤쪽에 교복 차림의 이쓰키가 서 있었다.

이쓰키는 입을 한일자로 꾹 다문 채 불에 탄 문을⋯⋯, 카우벨이 매달려 있던 부분을 노려보고 있었다.

"이쓰키!"

이쓰키가 딱딱하게 굳은 얼굴 그대로 나를 돌아봤다.

"아이 씨, 방화래⋯⋯."

말이 나오지 않았다.

"새벽에 등유를 뿌리고 불을 지른 것 같대."

뇌가 빙글빙글 도는지 속이 메슥거렸다.

혹시 그 남자 짓이 아닐까?

얼굴이 붉으락푸르락해져서 입술을 파르르 떨던 남자의 모습이 떠올랐다. 그는 내가 이 카페의 아들이거나 여기서 일하는 사람이라고 믿는 눈치였다. 나에게 앙갚음하겠다는 심보로 이 카페에 불을 질렀다면……?

경찰관이 아저씨에게 질문했다.

"정말로 짚이는 사람 없어요? 최근 누군가에게 원한을 살 만한 일이 있었다든가……?"

"아, 모르겠어요. 뭐가 어떻게 된 건지 난 하나도 모르겠단 말입니다."

억울한 목소리로 분통을 터뜨리는 아저씨 옆으로 휘청휘청 걸어가 입을 열었다.

"짚이는 사람……, 있어요."

"뭐?"

아저씨와 경찰관이 동시에 돌아보았다.

"저 때문인지도 몰라요. 제가 원한을 샀을지도 몰라요. 그 사람이……."

"뭐? 너, 그게 무슨 소리야?"

숨 쉬기가 괴로워졌다. 발밑이 무너지는 것 같았다.

경찰관의 팔이 비틀거리는 내 몸을 급히 붙들었다.

나는 경찰관에게 지난밤 카페 앞에서 있었던 일을 설명했다. 이쓰키는 전에 마트에서 벌어진 소동을 이야기했다. 경찰이 마트로 출동해 남자의 인상착의와 특징 등 모든 정보를 수집했다.

용의자는 곧 체포됐다. 역시나 그 남자였다.

범인은 반드시 다시 현장을 찾는다고 한다. 그날 저녁, 그는 행인인 척하며 현장을 어슬렁대다가 싱겁게 경찰에 붙잡히고 말았다.

"인간관계에 문제가 많아 여러 직장을 전전했던 모양입니다."

담당 형사가 질려 버렸다는 투로 입을 열었다.

"자신은 부당하게 낮은 평가를 받고 산다. 세상이 틀려먹었다. 막 그렇게 떠들어 대면서 울지 뭡니까? 나, 원 참……."

카페에 불을 지른 건 사회에 대한 보복이었을까? 아니면 자신의 바람과는 달리 흘러가 버린 인생에 대한 분노였을까?

그는 방화 동기에 대해서는 아무 말도 하지 않았다고 한다. 하지만 내가 그 남자의 어두운 감정이 폭발하도록 방아쇠 역할을 한 건 분명해 보였다.

카페 안식처는 건물 내부까지 소방차가 뿌린 물에 흠뻑 젖었다. 냉장고와 가스레인지는 가동되지 않았고, 벽지와 마룻바닥은 팅팅 불었으며, 아저씨가 보물처럼 아끼던 사진은 물에 젖어 흐늘흐늘해졌다.

불이 난 걸 알고 달려온 아벨은 그 자리에 풀썩 주저앉았다. 이쓰키는 그 옆에서 작동을 멈춘 냉장고를 냅다 걷어찼다.

"왜 이런 일이 생기냐고!"

그 와중에 이웃에 산다는 사람이 찾아와 '우리 집도 물에 젖어서 피해를 입었다.'고 항의했다. 아저씨는 녹초가 된 얼굴로 그저 꾸벅꾸벅 머리만 조아릴 뿐이었다.

범인이 잡힌 뒤로도 참고인 조사는 계속됐다. 참고인인 내가 중학생이란 이유로 부모님도 경찰서에 불려 갔다.

회백색 방의 딱딱한 철제 의자에 앉아 "말도 안 돼! 이건 뭔가 잘못됐어."라고 분통을 터뜨리던 아버지. 하지만 내가 도서관이 아니라 모르는 카페의 2층 방을 드나들었다는 사실을 알고는 잠잠해졌다. 그 얼굴에 당혹과 수치, 공포의 감정이 번갈아 스치는 것을 나는 남의 일처럼 그저 멀거니 바라만 보고 있었다.

"믿고 있었는데……, 가즈마를 믿어야지 했는데……."

엄마는 집에 돌아오자마자 식탁에 엎드려 울음을 터뜨렸다.

"세상에 우리 손자가……, 이 지경이 될 때까지 넌 대체 뭘 하고 있었던 거냐!"

할머니는 엄마한테 그렇게 소리치다가 혈압이 오르는 바람에 몸져누웠다.

호나미는 무서운 것을 보듯 나를 흘끔거리고, 아버지는 이제 화를 내지도 설교를 하지도 않았다. 오히려 흠칫흠칫 내 눈을 피하며 말 한마디 걸지 않았다.

가족은 소요중학교에서 잘리고, 집에 거짓말을 하고, 정체를 알 수 없는 카페에 드나들고—이쓰키가 협박한 사실은 아무한테도 말하지 않았다.—방화 사건에까지 연루된 나를 어떻게 대해야 할지 모르겠는 모양이었다.

다행인지 불행인지 학교는 곧 여름 방학에 들어갔다. 나는 학원에도 가지 않고 방 안에 틀어박혔다. 컴퓨터도 휴대폰도 압수당한 처지라 그저 무료하게 창밖만 멍하니 내다보고 있었다.

앞으로 어쩌지?

여름 하늘은 한없이 넓고 푸르렀고, 초록이 무성한 나무들은 바람에 몸을 내맡긴 채 이리저리 흔들렸다.

어찌 생각하면 나는 지금 자유로워진 거다. 하지만 결과적으로는 가족을 철저히 배신하고 실망시킨 꼴이 되고 말았다. '이래야 한다—.'고 설정된 아들의 상을 산산이 박살내 버렸으니까.

식구들 모두 이미 나에 대한 기대를 버렸겠지. 더는 공부 같은 거 안 해도 되지 않을까? 이젠 공부를 왜 해야 하는지 그 이유도 모르겠다.

유리창 너머를 바라보면서 잠시 해방감에 도취되기도 했다.

마침내 풀려난 거다. 앞으로는 내가 원하는 대로 살 거다.

자유, 자유, 자유!

그러나 매력적인 그 울림 앞에서 왠지 몸이 움츠러들고 마음이 쪼그라들었다. 소요중학교에 다닐 때처럼. 자유는 서늘하고 차갑게, 시험하듯 나를 응시하고 있었다.

너는 무얼 선택할 건데? 어디로 갈 건데?

그때 이후로 나는 변한 것이 하나도 없었다. 앞으로 뭘 하고 싶은지, 어디로 가야 할지도 모르겠다.

아니다, 가고 싶은 곳이 딱 한 군데 있다.

화재 이전의 '카페 안식처'.

하지만 그건 이루어질 수 없는 꿈이다.

나는 확실히 세상 물정을 모르는 왕자님이었다. 사람의 마음 속에 똬리를 틀고 있는 어둠을 전혀 알지 못했다. 소리 없이 소용돌이치며 출구를 찾는 마그마 같은 악의. 그것을 범죄라는 형태로 분출시키는 사람이 있다는 것도 몰랐다.

그토록 친절을 베풀어 준 주인아저씨에게 어마어마한 폐를 끼치고 말았다. 대체 어떻게 사죄를 해야 할까. 이쓰키와 아벨을 볼 낯도 없었다. 그 애들의 소중한 안식처가 나 때문에 파괴됐다.

바윗덩이처럼 덮쳐 오는 자기혐오와 자책감으로 몸이 움츠러들었다.

마음은 정지 단추를 누른 듯 움직이지 않았다.

차라리 이대로 공기 속으로 슈욱 사라졌으면.

이쓰키

마음의 소리

카페 안식처는 한동안 휴업에 들어갔다.

그을린 벽에 페인트칠을 하고, 불에 탄 문과 창문을 새로 달고, 도배를 하고, 바닥재도 다시 깔아야 했다. 고장 난 가전 제품도 교체해야 했다.

"수리비야 뭐, 화재 보험에서 나올 테지만……."

아저씨가 중얼거렸다. 얼굴이 말이 아니었다. 수염은 제멋대로 자라고 볼도 옴폭 꺼진 데다 머리숱은 더 성겨졌다. 그림자마저 엷어진 것 같았다.

"보험금 청구 수속이란 게 이만저만 복잡해야지. 수리업자도 요새 일손이 부족하다고 당장은 어렵대고. 아무래도 가을께까지 걸릴 거 같다."

하지만 물에 폭삭 젖어 아직도 마르지 않은 나무 의자에 풀죽어 앉아 있는 나와 아벨을 보더니, "그래도 이만하길 다행이지, 뭐. 두세 달만 쉬면 돼."라고 억지로 밝은 목소리를 냈다.

"나는 잠시 시골 본가에 가 있을까 한다. 여기 있어 봐야 할 일도 없고. 너희는 가게가 원상 복귀되거든 와. 그때까지 밤거리를 쏘다니다가 사고 치면 안 돼! 약속하는 거다!"

마지못해 고개를 끄덕이는 아벨과 달리, 나는 굳은 얼굴로 가만히 있었다.

"왜 그러냐, 이쓰키. 이해해 주라. 수리 끝날 때까지만이야."

"그거 때문이 아니에요……. 아저씨, 우리요……. 언제까지 여기 신세 지고 살아야 할까요?"

나는 아저씨와 아벨의 얼굴을 번갈아 보았다.

"그야 뭐……, 너희가 여기를 필요로 하지 않을 때까지 오면 되지."

"그러니까, 그게 언제까지냐고요?"

그냥 편하게 물어본다는 게 싸우자고 달려드는 모양새가 되고 말았다.

"민폐 끼치잖아요……. 맨날 죽치고 있으면서 공짜로 먹고 마시고. 우리가 이 가게에 드나들지만 않았어도 아저씨가 이 꼴을 당하진 않았을 거라고요. 그놈을 만난 게 어쩌다 보니 가즈마였을 뿐이지, 저였어도 가만 안 뒀을 거예요. 마트에서 아벨한테 입에 담지 못할 말을 퍼붓는데 얼마나 화났는지 아세요? 제가 그 자리에 있었으면 가즈마보다 더 크게 싸웠을 거예요."

"아니다, 그건 절대 너희 탓이 아니야. 범인이 나빠……."

"전요, 그래도 더는 싫어요. 민폐 끼치기 싫다고요!"

사람 좋은 아저씨에게 기대 지금껏 얼마나 응석을 부려 왔는지 모른다. 공짜로 마시고, 공짜로 먹고, 2층을 점령한 채 내 집처럼 쓰고, 힘들다고 징징대기까지……

괜히 우리와 얽히는 바람에 가게가 흠뻑 젖어 너덜너덜해진 거다. 깨진 유리창을 땜질한답시고 붙여 둔 골판지 상자를 보고 있자니 가슴이 미어졌다. 속상해서 미칠 것 같았다.

"떽! 어린애가 어른한테 민폐니 어쩌니, 그런 말 하는 거 아냐. 어린애는 어른한테 폐를 끼치면서 커 가는 게 당연하지."

"폼 잡지 마요! 돈도 없으면서. 한동안 가게 영업도 못 할 텐데, 그럼 그동안 돈도 안 들어오잖아요. 손해가 엄청나다는 것쯤은 저도 안다고요!"

잠자코 있는 아저씨의 얼굴이 괴로워 보였다.

아벨은 고개를 숙인 채 탁자에 눈물을 뚝뚝 떨구었다.

"울지 마!"

꽥 소리치고 일어나 문 대신 달아 놓은 파란 비닐 시트를 제치고 밖으로 뛰어나왔다. 이제 카우벨 소리는 울리지 않았다. 쨍쨍

내리쬐는 햇볕 속을 달리자니 머리에 불이 붙어 활활 타는 것 같았다.

눈물이 차올라 눈앞이 흐릿해졌다. 아벨에게는 울지 말라고 화내 놓고는 이게 뭐람. 한참 달리다가 멈춰 서서 눈을 껌뻑껌뻑하고는 속눈썹에 달라붙은 눈물을 손등으로 거칠게 닦았다.

네거리 앞에 낡은 공중전화 박스가 보였다. 가방에서 지갑과 메모지를 꺼내 안으로 들어갔다. 10엔짜리 동전을 전화기에 넣고 메모지에 적힌 전화번호를 눌렀다. 전에 가즈마에게 받은 휴대폰 번호였다.

하지만 이번에도 마찬가지였다. 몇 번을 다시 걸어도 계속 같은 메시지만 흘러나왔다.

"지금 거신 번호는 없는 번호입니다……."

휴대폰을 해지한 건가? 설마 죄책감으로 이상한 마음을 먹은 건 아니겠지. 봄에 육교 아래로 몸을 내밀고 있던 모습을 떠올리자 등줄기가 서늘해졌다.

공중전화 박스 문을 박차고 밖으로 나왔다.

"어디로 가지……?"

갈 곳이 없었다. 앞으로 어쩌면 좋지?

그 안식처 덕분에 나는 숨 쉴 수 있었는데. 얼마 전에는 작은 희망의 빛이 보이는 것도 같았는데.

엄마와 나쓰키를 돌보면서 집에서 공부하면 될까? 하지만 그럴 만한 기력이 없었다. 그 누더기 같은 눅눅한 다세대 주택에는 내 방은 물론, 마음 편히 있을 자리 하나 없었다.

더구나 요즘 들어 엄마 상태가 더 나빠지고 있었다.

고등학교 입시를 앞두고 선생님과 학생, 학부모가 함께하는 3자 면담이 있었다. 엄마는 어차피 면담에 올 수 없을 테지만 일단 면담용 서류를 보여 줬다. 서류에 장래 희망란이 있기에 '간호사'라고 써 넣었다.

"간호사가 돼 주려고?"

엄마의 초췌한 얼굴에 살짝 화색이 돌았다.

"이쓰키, 나를 위해서 이런 생각을 했구나. 네가 간호사가 돼 준다면 내가 앞으로 얼마나 안심이 될지……."

'돼 준다면'? '나를 위해서'?

엄마는 내가 자기 전속 간호사가 돼 주길 기대하는 건가?

발끈해서 서류를 도로 가져가려는데, 별안간 엄마의 얼굴이 불안스레 흔들렸다.

"근데, 대학 갈 돈 같은 건 어쩐다니……?"

"어떻게든 할 수 있어. 얼마 전에 어떤 애가 알아봐 줬어. 고등학교 들어가면 알바도 할 거고, 학비는 장학금 같은 걸로 어떻게든 될 거야."

"……어떻게든 되려나……?"

엄마는 다시 불안해졌는지 자신을 책망하듯 주먹으로 관자놀이 부분을 탁탁 때리기 시작했다.

"미안해, 미안해, 미안해."

흥분 게이지가 쑥쑥 올라가고 있었다.

"내 꼴이 이래서……. 앞으로도 네 발목을 잡을지도……. 아니지, 반드시, 반드시 짐이 될 거야……! 아, 싫다. 어쩌지……? 어쩌냐고!"

그러고는 숨쉬기가 힘들다느니 심장이 뛴다느니 하며 머리맡에 둔 약을 입에 마구잡이로 욱여넣는 통에 나는 아무 데도 못 가고 꼼짝없이 엄마를 지켜봐야 했다.

더욱이 다음 날 저녁.

엄마가 집으로 찾아온 복지사에게 다짜고짜 무릎을 꿇었다.

"제발, 제발 부탁할게요! 수급자에서 탈락시키지 마세요. 이렇게 보잘것없는 사람이지만, 부디 제게 온정을 베풀어 주세요!"

"아, 아주머니, 왜 이러십니까? 누가 그런 말을 했다고 이러세요?"

"저요, 사회의 짐이란 거 알아요. 일도 안 한 채 돈만 받는 저 자신이 인간으로서도 엄마로서도 아무 쓸모 없는 존재란 것도 알고요. 다달이 수급비를 받을 때마다 정말로 죄송한 마음이에요. 괴로워요. 이런 저 자신한테 진절머리가 나요. 나 같은 엄마한테 태어난 우리 애들도 분명 불행해질……. 복지사님, 어쩌면 좋죠? 어쩌면 좋아요?"

엄마는 눈물범벅이 된 얼굴로 벽에 머리를 찧었다. 복지사가 진땀을 흘리며 엄마를 겨우 다독여서 병원으로 옮겼다. 주사를 맞고 가까스로 진정이 되어 잠든 엄마를 보고 있자니, 한심하기도 했지만 동시에 불쌍해서 미칠 것 같았다.

일하지 못하는 게 이렇게까지 비굴해져야 할 일인가? 이렇게까지 자신을 책망할 일인가?

그리고 머리 위에서 헤아릴 수 없이 많은 까마귀 떼가 우는 듯한 불길한 예감에 사로잡혔다.

언젠가는 좋아진다. 분명 언젠가는 엄마도 단 몇 시간만이라도 일할 수 있게 될 거다.

그렇게 믿으면서 되도록 불안으로부터 눈을 돌리려 애써 왔다. 하지만 지난 2년 동안 엄마는 전혀 나아지지 않았다. 나아지기는커녕 점점 악화됐다.

앞으로 병이 더 깊어지면?

그럼 나는 공부나 하고 있을 한가한 형편이 아니잖아! 대학 진학은 꿈 중에서도 가장 헛된 꿈이잖아!

그렇게 소리칠 뻔하다가도 '내게는 그 안식처가 있어. 어떻게든 될 거야. 어떻게든 된다고.' 그렇게 나 자신을 다독이며 꾸역꾸역 여기까지 왔는데.

그런데 거기에 불이 나다니.

이젠 만사가 다 싫어졌다.

내 인생은 불운으로 가득 찬 게 분명했다. 이 불운은 앞으로도 내 턱밑까지 잠식해 올 거고, 그럼 나는 가족에 매여 살 수밖에 없다…….

휘청휘청 걷다가 퍼뜩 정신을 차리자, 어느새 공원에 와 있었다. 카페 안식처를 알기 전에 가끔 아벨과 둘이 와서 시간을 죽이던 그 공원이었다.

아빠가 살아 있을 때도 여기서 놀곤 했다.

미끄럼틀, 시소, 정글짐.

칠이 벗겨진 정글짐 꼭대기에 올라가 앉았다. 어릴 땐 여기서 뛰어내리는 걸 엄청 좋아했다. 겁 없이 에사로 휙휙 뛰어내리는 나를 보고 모두가 대단하다며 감탄했다.

그런데 이렇게 낮다니. 대단하긴 뭐가 대단해.

허무한 마음으로 바닥을 내려다봤다. 옛날이나 지금이나 나는 별 볼 일 없는 보통 여자애였다. 아무런 힘도 없었다. 작은 희망의 빛마저 잃었다…….

바로 그때, 공원 입구로 누군가가 뛰어 들어왔다. 아벨이었다. 헉헉 숨을 몰아쉬면서 두리번두리번 주위를 둘러보았다.

"아벨!"

내 목소리에 돌아보는 아벨의 얼굴이 '찾았다!'라는 표정이었다. 나는 정글짐에서 뛰어내렸다.

"무슨 일이야?"

뛰어온 아벨은 등에 멘 배낭을 내려놓았다. 아벨의 배낭은 평소와 달리 크게 부풀어 있었다. 아벨이 배낭 속을 열어 보여 줬다.

책이 잔뜩 들어 있었다. 방화 사건이 일어나기 얼마 전, 가즈마가 카페 안식처에 두고 간 도서관 책들이었다. 아벨은 그중에서도 가장 두툼한 사전 같은 책을 꺼내 들었다.

《생활 보호 수첩》이었다.

아벨의 갈색 손가락이 표지를 톡톡 두드렸다. 다행히 물에 젖지 않았는지 상태가 깨끗했다.

'이, 거…….'

목소리는 나오지 않았지만 아벨의 입이 그렇게 말하고 있었다.

'선, 생, 님, 책…….'

"……가즈마한테 돌려줘야 한다고? 그거 도서관 책이야. 그리고 가즈마는 연락도 안 되고."

아벨은 더없이 슬픈 표정을 짓더니 별안간 그걸 내 팔에 들이밀었다.

"왜, 왜 그래? 나한테 이걸 어쩌라고?"

나는 어리둥절한 표정으로 책을 받아들었다.

아벨은 배시시 웃으며 고개를 끄덕끄덕했다. 그러고는 다른 책을 집어 들더니 포스트잇이 붙은 곳을 펼쳐 내 쪽을 향해 보여 줬다.

'대학 진학 시의 세대 분리에 관해서.'

그 활자가 눈에 들어온 순간, 그날 아벨이 공책에 썼던 글이 떠올랐다.

'이쓰키 누나, 간호사, 될 수 있을 거야. 좀 무섭긴 해도 듬직한 사람이니까.'

아벨……, 틀렸어. 이제 다 틀렸다고.

나는 분명 아무것도 되지 못할 거다. 저런 엄마에 나쓰키까지 있다. 집은 가난하지, 안식처도 없어졌지, 하나에서 열까지 모든 게 다 꽉 막혀 버린 상황이다.

아벨은 내 마음의 소리를 듣기라도 한 듯 고개를 좌우로 흔들었다. 그리고 다시금《생활 보호 수첩》을 가리켰다.

'선, 생, 님, 이……'

그러자 내 귀에 가즈마의 목소리가 되살아났다.

'작고, 약하고, 이기적이긴 해도……, 인간은 꽤 쓸모 있는 존재가 아닐까 생각했지.'

맞아. 가즈마는 그날 그렇게 말하고 이 책들을 두고 갔어.

지금 생각해도 참 번드르르한 말이다. 인간이란 별 볼 일 없는 존재인데.

빠듯하게, 겨우 입에 풀칠하고 사는 사람에게 부럽다며 공격해 오는 애들.

자기 자식을 상처 주는 사람.

남의 집에 불 지르는 사람.

'에라, 모르겠다' 하는 심정으로 책장을 거칠게 넘겨 봤다. 빽빽이 들어찬 깨알 같은 활자들이 무슨 의미인지 역시나 모르겠다. 가즈마조차 이해가 안 된다고 했다.

하물며 이 엄청난 분량……. 대체 누가 이따위 책을 만든 걸까. 많은 시간과 노력을 기울이지 않으면 읽을 수 없는 책과 이해할 수 없는 바보 같은 법률과 제도를 누가 만들어 낸 걸까.

번거롭기 짝이 없는 예외며 편법까지 허용된다는, 제대로 된 정보가 없으면 이용할 수조차 없는 제도. 가난한 사람에게 유독 친절한 건지 불친절한 건지 도무지 가늠이 안 되는 제도.

하지만 지금 이 순간, 활자의 행렬을 노려보며 문득 떠오르는 생각이 있다.

열두 살 때부터 오늘까지, 나는 이것 덕분에 굶어 죽지 않고 살 수 있었다. 만약 이런 제도가 없었다면 나쓰키도 무사히 태어날 수 없었을 거고, 나는 엄마와 함께 언제 어딘지 모를 길바닥에 쓰러져 죽었을지도 모른다.

다시금 그날의, 가즈마의 목소리가 들려왔다.

'결국 제도란 건, 모르면 확실하게 손해 보게 돼 있어.'

훅, 가슴에 불이 지펴진 기분이다. 그것은 크리스마스의 촛불처럼 거룩한 불은 아니다. 굳이 말하자면 화재 현장에 타다 남은 불씨 같은, 탄내 나는 불이다.

손해 보고는 못 살지!

나는 아직 할머니가 아니다. 겨우 중학교 3학년짜리 여자애
다. 앞으로 수십 년은 더 살아야 한다. 그 긴 세월 내내 손해를 보
면서 살아갈 것인가.

방에 널어놓은 빨래에 핀 곰팡이.

보풀투성이 엄마 옷.

나쓰키가 긁을 때마다 피부에서 떨어지는 허연 가루.

그런 것들과 한몸이 되어 계속 그렇게 구질구질하게, 너덜너
덜하게 살아갈 것인가.

입술을 꽉 깨물자 에마의 얼굴이 눈앞에 떠올랐다. 가즈마가
말했다, 에마네 삼촌에게 책을 소개받았다고.

나는 《생활 보호 수첩》을 탁 덮어 아벨에게 내밀었다.

"이 책, 도서관에 반납해 줄래? 난 봐도 잘 모르겠거든."

불안한 얼굴로 쳐다보는 아벨을 일부러 째려봤다.

"모르니까 배우려고. 다시는 손해 보고 살기 싫거든!"

아벨의 얼굴이 확 밝아지면서 눈꼬리가 내려갔다. 벌어진 입
술 사이로 하얀 이가 드러났다.

이쓰키

대등한 관계

쇼핑몰 내 카페에서 나는 에마네 삼촌과 마주 앉았다.

에마네 삼촌은 수수한 회색 반팔 셔츠 차림이었고, 숄더백은 오래 썼는지 여기저기 닳아 있었다. 이목구비는 또렷하고 꽤 남자답게 생겼다.

"카페가 딱 에마 취향이네."

삼촌은 눈부시다는 듯이 실내를 둘러보았다.

에마가 안내한 이 카페는 마냥 '러블리'했다. 분홍과 하얀 줄무늬 벽지에 의자도 분홍. 장식품은 주로 외국 그림책과 인형 같은 것들로 채워져 있었다.

하지만 정작 에마 자신은 우리를 가게 안으로 밀어넣고 곧장

뒤돌아 나가 버렸다.

"에마는 지금부터 옷 보러 갈 거야. 둘이서 맘껏 얘기해."

쟤, 또 신경 쓰고 있구나 싶었다.

초등학생 때는 가정 형편의 격차 따윈 신경 쓰지 않았다. 수급비를 받기 시작한 후로도 천진난만하게 함께 놀았다. 하지만 자라면서 점점 번듯한 에마 집과 우리 집이 다르다는 것을, 생활 수준을 비롯해 다른 모든 것이 엄청난 차이를 보인다는 사실을 절감하게 됐다.

자연히 뭔가를 의논하는 것마저 비참하게 느껴졌다.

하지만 수화기를 몇 번이나 들었다 났다 하며 망설인 끝에 전화를 걸었을 때, 에마는 이렇게 말했다.

"……의논해 주는구나……. 에마한테 의논해 주는구나……."

"누가 너한테 한대? 너네 삼촌인가 누군가, 그 사람 좀 만나게 해 달라고 부탁하는 거거든?"

"그래도 지금은 에마한테 부탁하고 있잖아……."

우는지 어쩌는지 수화기 너머로 코를 훌쩍이는 소리가 났다.

"나도 알아, 내가 할 수 있는 게 없단 거. 그동안 몇 번이나 말하려다 관뒀어, '힘내.'라든지 '내가 힘이 돼 줄게.'라든지 하고 말야. 근데 그런 말 해 봐야 아무 소용 없는 거지? '무책임한 말 하지 마!' 그러면서 화낼 거지?"

"……당연히 화내지."

"그래서 내가 뭘 어떡해야 할지 몰랐던 거라고. 마음은 계속 답답하고 불안했어. 생활이 달라지면 우정도 깨지나 싶어서. 갈수록 말도 잘 안 통하지, 괜히 신경은 쓰이지, 이러다 끝내 거리가 멀어지겠구나 싶잖아. 근데 요전에 가즈마가 수급 제도에 대해 열심히 조사하는 거 보고……. 나는 그간 뭐 했나 싶더라니까."

에마의 목소리가 조금 작아졌다.

"난 우리 외삼촌이 대학에서 뭘 가르치는지도 잘 몰랐어. 그 체육복 사건이 있고 나서, 애들이 널 꼴통 취급하면서 슬슬 피하는데도, 난 아무것도 못 하고……."

"그럼 네가 뭘 하겠냐? 얘들아, 이스키랑 잘 지내 줘. 뭐, 그런 말이라도 하게? 나도 그딴 거 싫거든."

"그치만 이번엔 진짜 힘이 될 수 있대도!"

에마는 애니메이션 주인공 같은 목소리로 꽥 소리쳤다.

"삼촌한테 전화할 거야. 지금 당장 할 거야. 네 전화번호 알려 줘도 되지?"

그리고 에마는 나와 삼촌이 연락할 수 있도록 다리를 놔줬고, 이렇게 자리도 마련해 줬다.

이런 카페에서, 대학교 선생님 같은 대단한 사람과 이야기하는 건 난생처음이었다. 평소의 나답지 않게 긴장해서 주문한 아이스티에 우유를 넣으려다 쏟고 말았다. 손이 후들후들 떨렸다.

"괜찮니?"

"아……, 죄송해요."

"지금 이것저것 걱정되고 궁금할 테니까, 결론부터 먼저 말해 줄게."

에마네 삼촌은 탁자에 쏟은 우유를 물수건으로 닦으면서 시원 시원하게 말했다.

"너와 네 어머니가 도움 받을 가능성, 있다."

"네?"

"통화할 때 내가 물어봤던 너희 집 사정 말인데……. 어머니 병이 더 깊어지면 너 혼자서는 감당할 수 없을 거야. 공부도 제 대로 하기 힘들 테고."

"네에……."

"요양 보호사 서비스를 신청해 보는 건 어떻겠니?"

"네?"

"요양 보호사라고, 가사 도우미를 집으로 부르는 서비스가 있 어."

"무슨 말이에요? 도우미를 쓰란 거예요? 부자들이나 하는 그 런 걸 저희가 어떻게 해요. 저희는 가난뱅이라고요."

머릿속이 혼란스러웠다.

"오해하지 마라. 너희 집에서 도우미를 쓰라는 말이 아냐. 그 런 제도가 있다는 거지. 병이 있거나 장애가 있어서 일상생활을 제대로 해낼 수 없는 사람을 지원하는 제도야. 물론 현재 상태를 심사한 후에 도움이 필요하다고 인정되면, 그때 서비스를 받을 수 있다는 얘기지만."

"그런 제도가……."

"그리고 요양 보호사는 네가 상상하는 가사 도우미나 가정부가 아니야. 아마 하루 네 시간, 일주일에 이틀 정도일걸. 집안일도 함께하고, 외출할 때 따라가 주기도 해. 그런 식으로 점점 스스로 할 수 있는 일을 늘려 갈 수 있게 돕는 거지. 요양 보호사가 방문하면 사회와 유대 관계도 맺을 수 있고, 치료에도 도움이 되지 않을까 싶은데."

"그럼, 돈은요?"

"너희 집은 수급자 가정이라 비용이 들지 않아."

"그거 받으면 또 욕먹어요! 수급비 받으면서 요양 보호사까지 공짜로 쓴다고."

얼떨결에 소리쳤다.

"그럼 안 받고 어쩔 건데?"

에마네 삼촌이 나직한 목소리로 물었다.

"넌 아직 중학생이라 어머니한테서 독립해 살 수 없어. 동생도 그렇고 너도 그렇고, 꼼짝없이 어머니 상태에 영향을 받을 수밖에 없지. 앞으로도 이 상태를 너 혼자 다 짊어질 수 있겠어?"

"그, 그건……."

난 감당 못 해. 아무리 생각해도 감당 못 할 거 같다.

하지만 그걸 신청하면 남들이 우리를 어떻게 볼지 생각하자 눈앞이 아찔했다.

'맙소사, 이 사람들 대체 어디까지 지원해 달라는 거야?'

하나에서 열까지 이런 식으로 도움 받지 않고는 살아갈 수 없는 엄마. 이런 상황이 가장 고통스러운 건 엄마 자신일 테지만, 나 역시 쪽팔려 죽을 지경이다. 비참하다…….

"저기 말이다, 아무리 비참해도 도움이 필요할 때는 받아야지. 받아들여."

그 단호한 말에 나는 흠칫 놀랐다.

"제 마음을 어떻게 알았어요?"

"나도 예전에 사회 복지사 일을 했으니까."

과거를 떠올리는 걸까? 에마네 삼촌의 눈빛이 아련해졌다.

"지방 관공서에서 기초 생활 수급을 담당했어. 그래서 네 마음을 조금은 알 것 같아. 근데 말이다, 한숨 푹푹 쉬면서 비난하고 있으면 사람이 변할 것 같지? 절대 안 변해. 아무리 그래 봐야 되받아치지도 못하고 그저 움츠러들 뿐이지. 변할 가능성은 누군가와 관계를 잘 맺을 때만 생겨."

문득 우리 집 첫 담당자였던 후덕한 아주머니 복지사가 떠올랐다. 그 아주머니와 시답잖은 이야기를 나눌 때의 엄마 얼굴은 매우 온화했다. 그때는 지금보다 건강 상태도 훨씬 좋아서 나쓰키를 돌볼 수 있었다.

"사람은 도움이 필요할 때 받지 못하면 수렁에 빠지게 돼. 술로 도피하는 사람, 범죄로 치닫는 사람, 자살하는 사람……. 그런 경우들을 숱하게 봐 왔거든.

에마한테도 이런 얘기는 안 했는데, 난 고작 2년 만에 사회 복지사 일을 관뒀어. 그런 사람들과 필사적으로 상대하다가 끝내는 내 몸이 망가지고 말았거든. 그 후로 대학원에 들어가 다시 공부한 뒤 지금은 대학에서 학생들을 가르치고 있지만, 여전히 아쉬움이 남아. 그 사람들이 수렁에 빠지기 전에 왜 구하지 못했나, 하는."

'수렁…….'

그렇다. 거기에 빠질까 봐, 수렁이 내 미래를 삼킬까 봐 두려웠다.

그래서 이 사람에게 의논하러 온 건데. 난 왜 계속 같은 곳을 뱅글뱅글 맴돌고 있는 걸까.

"알려 주세요."

목소리가 배 속 깊은 곳에서 올라왔다.

"그 제도에 대해 더 자세히요. 그리고 어떻게 신청하는지도요."

"좋아."

삼촌이 씽긋 웃었다.

"얼마든지 알려 줄게. 미안해할 필요 없어. 너희 집이 제도를 이용하면 어차피 사회 전체에 이익이 되니까."

"이익이라고요?"

"그래, 계산은 간단해. 네가 커서 수급비를 계속 받는 것과 제대로 공부해서 사회에 공헌하는 사람이 되는 것. 둘 중 어느 쪽이 플러스가 될까? 너는 적선을 받는 게 아니야. 사회로부터 투자를 받는 거지."

에마네 삼촌과 카페에서 헤어져 곧장 시청으로 향했다.

엄마가 요양 보호사 제도를 이용할 수 있게 해 달라고 부탁하러 가는 길이었다.

"혼자 갈래요. 저희 집 일이잖아요."

아이스티를 단숨에 비우고 벌떡 일어나 그렇게 말하자 에마네 삼촌은 깜짝 놀란 모양이었다.

"따라갈게. 학교엔 오후에 출근한다고 말해 뒀으니까 괜찮아. 중학생 혼자서는 힘들어."

걱정스럽게 말하는 에마네 삼촌을 향해 "괜찮아요."라며 뿌리쳤는데……

조금, 아니 많이 후회가 됐다.

나는 괜찮지 않은 거다. 이렇게 가슴이 쿵쾅쿵쾅 뛰는 걸 보면.

시청이 점점 가까워졌다. 우뚝 솟은 거대한 시청 건물은 마치 사회란 것의 상징물 같았다.

꽉 쥔 손을 펼쳐 봤다. 조금 전 에마네 삼촌이 써 준 메모지들이 땀에 젖어 축축했다.

글자가 번지면 큰일이다. 메모지를 얼른 가방 주머니에 챙겨 넣고는 손수건을 꺼내 손바닥을 닦았다.

그리고 마른 손으로 다시금 가방에서 메모지를 꺼내 매섭게 노려보았다.

이용 신청, 방문 간호, 지원 구분 인정, 인정 심사회, 조사원 방문 조사, 주치의 의견서……

뭐가 이렇게 다 딱딱한 거야? 사자성어야, 뭐야? 아니, 오자성어? 육자성어?

제도는 왜 이렇게 어려운 말로 돼 있는 걸까. 에마네 삼촌한테 다 맡기고 난 그냥 옆에 서 있기만 할걸…….

그런데 에마네 삼촌은 너무 든든했다. 너무나 든든해서 오히려 지금껏 팽팽했던 실이 툭 끊어져 버릴 것 같았다.

사실 난 강한 애가 아니다. 그동안 믿고 부탁할 사람이 없어서 어쩔 수 없이 홀로 서 있었을 뿐이다.

어떻게 좀 해 주세요. 제발 어떻게 좀 해 주세요. 난 아무것도 몰라요.

일단 그렇게 부탁할 수 있는 누군가에게 다 맡겨 버리고 의지하게 되면 이후로는 의지력도 기력도 완전히 잃은 채로 살아갈 것 같았다. 그럴까 봐 굉장히 두려웠다.

약해지면 안 된다. 가즈마가 보여 준 자그마한 희망의 빛. 그

건 벼랑 아래서 올려다보는 하늘이나 다름없다. 그러니까 더 강해져야 하는 거다, 그건 오르지 못할 벼랑이니까!

그러나 혼자 시청 안으로 들어가려니 역시나 두려웠다.

'기초 생활 수급자는 전부 옷에 수급자라고 써 붙이고 다니면 어떨까?'

지금도 그 말이 가슴에 콕 박혀 있다. 너희는 평범한 사람이 아니라고, 인간 미만의 존재라고 말하는 듯한 그 말을 떠올릴 때마다 숨 쉬기가 힘들다.

시청 직원들도 혹시 이렇게 말하지 않을까?

'수급자 자식이 또 떼쓰러 왔나 봐. 이거 골치 아프게 생겼네, 젠장!'

그만 멈춰 서고 말았다. 다리가 너무 무거워서 앞으로 나아갈 수 없었다.

그때 마음속에 아까 들은 말이 메아리쳤다.

'너는 적선을 받는 게 아니야. 사회로부터 투자를 받는 거지.'

투자, 투자…….

잘은 모르지만 '투자'란 건 장차 이익이 될 것 같으니 일단 돈을 대 준다는 뜻이리라. 불쌍해서 도와주는 게 아니다. 미래의 내가 더 많이 갚을 걸 기대하기 때문에 지원해 준다는 거다.

원하는 바다. 기브 앤 테이크.

어른이 되면 두 배로든 세 배로든 다 갚을 것이다.

아, 그렇다면…….

나와 사회는 대등하잖아.

갑자기 등줄기가 쭉 펴지는 느낌이 들었다. 비굴하게 굽실거리지 않아도, 당당히 요양 보호사를 신청해도 될 것 같은 기분이 들었다.

심호흡을 한 번 하고 나서 시청 안으로 뛰어 들어갔다. 서늘한 에어컨 바람이 몸을 휘감았다. 하지만 뺨은 불타는 듯이 화끈화끈 달아올랐다. 전에 딱 한 번 와 봤던 '생활 지원과'를 향해 계단을 뛰어 올라갔다.

방문자들을 응대하는 여러 명의 직원 중에서 낯익은 얼굴을 발견했다. 코 옆에 검은 점이 있는 젊은 남자.

우리 집을 담당하고 있는 복지사였다. 그는 창구 저편에서 서류를 작성하고 있었다.

"실례합니다!"

나는 곧장 그 앞으로 뛰어가 복지사 맞은편에 선 채 두 손으로 창구의 턱을 탁 짚었다.

"어? 아……, 이쓰키?"

그는 몹시 놀란 눈치였다.

"무슨 일이지? 지금 다른 방문객 업무 처리 중인데."

허걱! 순서를 기다려야 했던 거야? 하지만 이대로 물러나면 기다리는 동안에 용기고 뭐고 싹 다 사라져 버릴 것만 같았다.

"차례 안 지켜서 죄송해요. 그래도 시간 좀 내주세요!"

뒤돌아서서 기다리는 사람들에게 꾸벅 고개 숙여 미안함을 전하고, 다시금 사회 복지사에게로 돌아섰다.

"우리 엄마한테!"

나는 구명줄처럼 쥐고 있던 메모지에 눈길을 떨어뜨렸다.

"이, 이용 신청을……. 방문 간호……."

아, 틀렸어. 말이 씹혀. 말이 제대로 안 나와.

"요양 보호사 신청하려고요!"

자포자기하듯 그렇게 소리쳤다. '무슨 뚱딴지같은 소리야?'라는 표정의 복지사.

뭘 바래? 적당히 응대하고 쫓아내겠지. 눈물이 나오려고 했다.

"기초 생활 수급자가 요양 보호사까지 보내 달라는 건 뻔뻔하지─. 그렇게 생각하려면 하든가요. 그치만 꼭 필요하단 말이에요. 도와주세요. 지금 도와주면 나중에 몇 배로든 꼭 갚을게요!"

더는 목소리가 나오지 않아서 손에 꼭 쥐고 있던 메모지들을 뿌리듯이 창구 안쪽으로 던졌다.

복지사가 어안이 벙벙해진 표정으로 주섬주섬 메모지를 주워 들었다. 그리고 진지한 눈빛으로 메모지에 적힌 내용을 보면서 중얼거렸다.

"이런 것도 있었구나……. 인정만 받으면 이용에는 문제없어. 어머니 건강 상태가 점점 악화되는 것도 알고는 있었는데, 바빠서 대처하지를 못했어……."

어? 지금……, 정식으로 응대해 주는 건가?

"어머니가 이 서비스를 이용할 수 있을지 어떨지, 그건 아직 알 수 없어. 담당 부서도 여기 생활 지원과가 아니라 다른 부서거든. 하지만 내가 어떻게든 시간 내서 도울게. 일단 번호표 뽑고 기다려 줄 수 있을까?"

밤이 돼도 후덥지근하게 더운 집.

나쓰키는 빈 과자 상자로 쌓기 놀이를 하고 있었고, 나와 복지사는 엄마와 마주 앉아 있었다.

"그런 이유로 이쓰키 혼자서 시청에 찾아왔습니다만……. 어쨌든 이쓰키가 아직 중학생이라 어머니 본인의 의사를 확인할 필요가 있어서요."

엄마는 탁자에 놓인 팸플릿과 서류 위로 느릿느릿 시선을 돌리다가 괴로운 얼굴을 하고 고개를 흔들었다.

"어떻게 이런 것까지……. 그렇지 않아도 매달 생활비를 받고 있는데……. 거기다 요양 보호사까지 보내 주신다니……."

"아, 물론 조사원이 나와서 조사를 하고, 지원이 필요하다고 인정되면 그 후에 보내 주겠다는 겁니다만."

"심사라고요? 인정이요?"

엄마 얼굴에 공포의 빛이 떠올랐다.

"내가 심사를 받아요? 지금의 내 상태가 까발려지는 거예요?"

"아, 까발려지는 게 아니고요…… 의사에게 증상을 설명할 때와 같은 절차로 이해하시면 됩니다."

"아, 무서워요……. 창피하다고요."

엄마는 두 손으로 얼굴을 감쌌다.

"그리고 이런 걸로 '인정'을 받으라니요? 점점 더 쓸모없는 사람으로 인정을 받는 거 같아서……."

"새삼스럽게 왜 그래!"

나도 모르게 엄마를 향해 소리쳤다.

"쓸모없어진 지 오래잖아!"

"이, 이쓰키! 그건 말이 심하……."

복지사가 안절부절못했다.

"아픈 걸 비난하자는 게 아냐. 그치만 그렇게 괴로워하면서 허세만 부리면 뭐가 나오냐고! 뾰족한 수도 없으면서, 혼자선 아무것도 못 하면서!"

얼음이 된 엄마는 눈도 깜빡거리지 않았다.

"좀 더 악착같이 살라거나 일을 하란 말까진 안 해. 적어도 자신이 지금 어떤 상황인지, 그것만이라도 좀 받아들이라고. 비참하든 어떻든 지금은 도움을 받을 수밖에 없잖아."

나도 이렇게 생각하게 되기까지 얼마나 오랜 시간이 걸렸던가. 가즈마와 에마네 삼촌 덕분에 가까스로 여기까지 올 수 있었다. 아픈 엄마에게 내가 잔인한 말을 한 걸까. 아니다, 그래도 꼭 해야 할 말이었다.

"그거 알아? 나도 나쓰키도 아직은 혼자서 못 살아. 엄마랑 같이 살아야 한다고. 그래서 엄마가 불행하면 함께 사는 우리도 불행해지는 거야. 알잖아? 며칠 전에 엄마 입으로 말했지?"

엄마는 또 금방이라도 울음을 터뜨릴 것 같은 얼굴로 나를 봤다. 그리고 불안스레 이쪽을 보고 있는 나쓰키를 돌아보았다. 그 어깨가 흔들렸다.

"그러니까 엄마, 조금이라도 좋아지지 않으면 곤란해. 우리 세식구 다시 일어서야지. 다 같이 여기서 벗어나야지. 그때까지 굳세게 버텨 내야 할 거 아니냐고!"

엄마가 눈을 감았다. 그리고 다시금 눈을 뜨고는 복지사 앞에 두 손을 짚었다.

"부탁합니다……. 그, 심사인지 뭔지 받게 해 줘요. 제발, 지금의 내 상태를, 검사해 줘요."

그다음 날.

나는 나쓰키의 손을 잡고 아벨과 함께 해 질 녘 거리를 걷고 있었다.

"아직 멀었어? 나, 힘들어."

나쓰키가 칭얼거렸다.

"조금만 더 가면 될 거야. 으음……, 방향은 맞는 것 같은데."

손에 든 약도를 다시 한 번 확인했다. 이웃 시의 변두리에 있는 절에 빨간색 동그라미로 표시돼 있었다.

"아, 참! 이쓰키, 혹시 '어린이 식당'에 가 본 적 있어?"

어제 복지사가 엄마가 기입한 서류를 가방에 넣으면서 그렇게 물었다.

"산신사라는 절에서 하는 식당이야. 혹시 마음 내키면 내일 한 번 가 봐. 거기서 맛있는 밥을 주거든. 어른은 300엔을 받지만 아이들은 무료야!"

그리고 이 약도를 그려 줬다.

무료로 저녁밥을? 그 '어린이 식당'이라는 데서 날마다 공짜로 밥을 준다는 건가? 아무리 그래도 일이 너무 술술 풀리는 거 아니야? 혹시 무시무시한 사람들이 공짜 밥 얻어먹겠다고 찾아온 가난뱅이들을 잡아다 팔아넘긴다거나…….

하지만 그런 걱정은 기우였다.

나와 나쓰키를 업은 아벨이 땀을 뻘뻘 흘리면서 도착한 그곳은 평범하고 건전한 절이었다. 널찍한 다다미방에 좌탁과 방석이 주욱 놓여 있고, 꽤 많은 아이들과 그 부모인 듯한 어른들이 함께 밥을 먹고 있었다.

아마도 주지 스님인 듯한 아저씨가 일할 때 입는 승복 차림으로 사람들에게 차를 내주고 있었다. 소매 있는 앞치마를 입은 아주머니들과 앞치마를 걸친 언니 오빠들이 학교 급식 당번처럼 배식을 하고 있었다. 우리도 쟁반을 들고 줄 끄트머리에 섰다.

김이 오르는 갓 지은 밥.

푹 조린 햄버그스테이크에 채소가 몇 종류나 들어간 감자 샐러드.

보들보들하고 노란 계란말이.

가지 절임.

국에는 소면과 오크라(자른 단면이 별 모양인 아욱과의 한해살이 열대성 작물.—옮긴이), 어묵이 들어 있었다.

콩고물을 묻힌 떡도 후식으로 준비돼 있었다.

음식이 담긴 접시를 좌탁에 들고 와서 소리 내어 말했다.

"잘 먹겠습니다."

하나같이 맛이 순한 반찬들이 목구멍으로 부드럽게 넘어갔다. 아벨은 햄버그스테이크를 세 번 만에 다 먹어 치웠다. 나쓰키는 국에 든 오크라를 보고 신기했던지, "와아, 별님이다!"라고 소리쳤다. 그걸 보고 내 국을 더 덜어 줬더니 행복에 겨운 얼굴로 소면을 호로록호로록 먹었다.

"첨 보는 얼굴이구먼?"

주지 스님이 빙그레 웃으며 구수한 말투로 물었다.

"배불리 먹고들 가라. 한 달에 두 번뿐이다만."

"네? 한 달에 두 번뿐이라고요?"

너무 실망스러웠다. 날마다 이런 음식을 먹을 수 있을 거라고 기대했는데.

"애고, 미안하구먼."

주지 스님이 미안한 얼굴을 했다.

"맘 같아서는 매일 영업하고 싶지. 근데 말이다, 절도 본업이 있잖니? 일하는 사람도 죄다 자원봉사자들이라서 말이다."

하긴, 이 식재료를 어떻게 조달하지는 몰라도 매일 이런 식으로 공짜 밥을 준다면 파산할 것이다.

"그래도 여기 오는 날만큼은 실컷 먹고, 얘기도 맘껏 하고, 그렇게 놀다 가거라. 여기 일하는 사람들은 죄다 말하기 좋아하는 사람뿐이니까. 아주 재잘재잘, 조잘조잘 다 쓰잘데기 없는 얘기뿐이지만. 오, 오, 이 아그는 몸이 아주 좋구먼. 눈치 볼 거 없으니 맘껏 먹어라."

주지 스님은 어허허허 웃으며 아벨의 어깨를 툭툭 두드려 주었다.

우리는 게걸스럽게 밥그릇을 비우고 후식도 깨끗이 먹어 치웠다. 그러고는 예의고 뭐고 따질 것도 없이 벌러덩 드러누워 뒹굴뒹굴하면서 배를 문질렀다.

아, 기분 좋다.

족자가 걸려 있는 도코노마(한쪽 벽면에 바닥을 한층 높게 만들어 벽에는 족자를 걸고 그 아래쪽에 꽃이나 장식물을 두어 꾸민 곳.—옮긴이)에 꽃이 장식돼 있었다. 일어나서 보러 갔다. 이름 모를 보라색 꽃이 예뻐 보였다.

훈훈한 마음으로 꽃을 보고 있자니 뒤에서 도란거리는 소리가 들렸다.

"오늘은 밥이 넉넉해서 다행이야."

"그러게요. 지난번 교훈으로 양을 늘리길 잘했어요."

힐끔 돌아보니 중년 아주머니와 젊은 언니가 그릇을 정리하면서 이야기를 나누고 있었다. 자원봉사자들인 모양이었다.

"모두들 잘 먹어 주니까, 밥하는 보람이 있네요."

"참 다다음 주에는 못 나온다고? 간호 실습이 있다고 했던가."

"다다음주는 나올 수 있어요. 실습은 다음 달 말쯤부터거든요. 그 기간엔 못 나오지만 끝나면 꼭 다시 와서 거들게요."

"간호사 되는 게 만만치 않네. 바쁜데도 와 줘서 고마워."

간호사…….

그 말에 뇌가 반응하여 나도 모르게 물빛 앞치마 차림의 언니를 구멍이 날 정도로 빤히 쳐다봤다. 긴 머리칼을 하나로 묶은 그 언니는 체구는 작았지만 얼굴이 꽤 예뻤다.

눈이 마주쳤다. 언니가 당황스러운 듯이 나를 맞받아 보았다.

"왜?"

"아니에요……."

부끄러워서 등을 돌리고 나쓰키와 아벨 곁으로 돌아가려는데,

다정한 목소리가 불러 세웠다.

"잠깐. 너, 여기 처음 온 거지?"

메조소프라노 톤의 목소리가 따뜻하게 귀에 와 닿았다.

"식사, 어땠어? 양이 부족하지는 않았니?"

"맛있었어요. 배부르게 먹었어요."

뒤를 돌아보며 대답했다. 웬일인지 그때부터 내 입에서 말이 좔좔좔 쏟아져 나왔다.

"저어……, 언니는 나중에 간호사가 되려는 거예요?"

너의 안식처

띠리리리 띠리리리—.

아까부터 거실에서 계속 전화벨이 울렸다.

엄마가 왜 전화를 안 받지?

나는 침대 위에 누워 태아처럼 둥그렇게 몸을 말면서 얼굴을 찡그렸다.

그러다 생각났다. 아, 오늘은 호나미가 발레 학원에 가는 날이지. 그래서 엄마가 집에 없구나.

띠리리리 띠리리리 띠리리리—.

한동안 쉬지 않고 울리던 전화벨 소리가 마침내 멎었다.

시계를 보니 저녁때였다. 여름 방학이 시작된 뒤로 요일 감각도 시간 감각도 한층 희미해졌다. 내가 여기서 숨을 쉬고 있다는 현실감마저도.

만약 누군가 지금의 나를 카메라로 찍는다면 반투명한 심령사진처럼 보일지도 모르겠다. 날로 희미해지다가 끝내 슈욱 공기 속으로 녹아 사라질……

그날이 아직 멀었나. 빨리 오면 좋겠는데.

이불에 밴 내 냄새를 맡고 있자니 다시금 가슴이 뻥 뚫린 듯 공허해졌다. 그 사건으로 안식처를 잃은 후, 나는 마음 둘 곳을 잃었다.

그럼에도 나는 엄마가 방문 앞에 놓아두는 밥은 꼬박꼬박 먹었다.

문을 살짝 열고 아무도 없는 것을 확인한 후 재빨리 쟁반을 방으로 끌어당기고는 문을 굳게 닫아 버렸다. 꼭 집게처럼.

그러고는 '오늘은 카레라이스네.', 또는 '초덮밥이네.'라고 생각하면서 무기력하게 그것을 먹었다. 사라지고 싶은데 영양 공급은 왜 그렇게 따박따박 하려는 걸까. 왜 그런, 생명을 연장하는 행위를 하고 있는 걸까.

그런 모순을 생각하자 나 자신이 더욱 한심하게 느껴졌고, '살아 있기에 수모를 당한다.'는 말까지 머리를 스치는 여름이었다. 덥수룩하게 자란 긴 머리칼을 쥐어뜯다 보면 내가 이미 산짐승이 돼 버린 기분마저 들었다.

띠리리리 띠리리리—.

다시 거실에서 전화벨이 울리기 시작했다. 시끄럽다. 짜증이
났다.

그러다 문득 불안이 머리를 스쳤다.

무슨 사고가 나서 연락했을 가능성은?

이를테면 엄마와 호나미가 교통사고를 당했다든가, 아버지가
중병으로 쓰러졌다든가.

요전에 화장실에서 마주친 아버지는 여전히 나를 보고 쭈뼛거
렸고, 전보다 야위고 늙어 보였다.

세상은 무슨 일이 일어날지 모른다. 카페 안식처는 방화 사건
까지 겪지 않았던가.

그러나 무슨 일이 일어나든 나와는 상관없다고 생각하면서도
이렇게 불안에 떠는 건, 이제는 단지 성가실 뿐인 가족들을 걱정
하고 있다는 증거나 다름없었다.

대체 이런 모순된 감정은 또 어디에서 오는 건가. 인간의 마음
은 왜 이토록 설명하기 어려운 감정으로 가득 차 있는 건가.

침대에 누워 있던 나는 느릿느릿 몸을 일으켜 거실로 나갔다.

띠리리리 띠리리리—.

전화기 액정에 모르는 휴대폰 번호가 떠 있었다. 내 상상대로
불길한 연락일까?

"네⋯⋯."

수화기를 귀에 갖다 댔다. 아무런 소리도 들리지 않았다.

"여보세요? ……여보세요?"

그렇게 불러 봤지만 수화기 너머는 잠잠했다. 뭐야, 장난 전화였어?

화가 나서 끊으려는 찰나, 바람이 우는 듯 희미한 소리가 귀에 와 닿았다.

사람 콧김?

후웅, 후웅. 기억 속에 저장돼 있는 그리운 소리였다.

"아……, 아벨……?"

후웅! 콧김 소리가 커졌다.

"아벨이지?"

다시 콧김.

그리고 뒤에서 나는 왜애앵왜애앵―, 요란한 구급차 소리.

그 소리가 굉장히 크게 들렸다. 수화기 너머로도, 또 실제로 집 가까이에서도 울려 퍼지는 소리였다. 나는 무선 전화기를 든 채로 거실 유리문을 열고 베란다로 뛰어나갔다.

큰길 쪽에서 울리던 구급차 소리가 점점 멀어져 갔다. 그 소리는 이제 수화기에서도 들리지 않았다.

하지만 콧김은 여전히 후웅후웅.

아파트 4층 베란다에서 아래를 내려다보았다. 손질이 잘 된 화단에 나무가 둘러서 있고, 그 바로 앞에 죽 뻗은 산책로에는……. 한 손에 휴대폰을 들고 이쪽을 올려다보고 있는 덩치 큰 소년이 있었다.

"……아벨!"

아벨은 내 모습을 확인하고는 하얀 이를 씨익 드러냈다. 그리고 활짝 웃으며 이쪽을 향해 손을 흔들었다.

"아벨……, 어떻게 여길!"

그때 나무 뒤에서 누군가가 불쑥 튀어나왔다. 물 빠진 티셔츠에 청바지 차림의 커트 머리 여자애.

"야!"

낭랑한 알토 목소리가 튀어 올라왔다. 그 애는 이쪽을 올려다보면서 아벨의 휴대폰을 낚아챘다.

이쓰키?

나는 반사적으로 집 안으로 도망치려고 했다.

"도망치지 마!"

수화기 너머에서 고막을 찢을 듯한 호통이 날아왔다.

"도망치지 마, 가즈마! 아벨을 버릴 셈이야? 너 만나려고, 여기를 얼마나 힘들게 찾아왔는지 알아? 넌 아벨의 선생님이었잖아!"

이쓰키의 말에 나는 몸이 굳어 버렸다. 카페 안식처에서 아벨을 가르치던 때의 기억이 또렷하게 되살아났다.

나눗셈, 분수, 도형의 면적, 비례하여 늘어나는 수조의 물…….

"가게, 드디어 수리 시작했어. 가을에 새 단장 마치면 다시 문을 연대. 아저씨가 걱정하지 말래. 넌 아무것도 잘못한 거 없다고 전하래!"

이쓰키가 다부지게 말했다. 하지만 그 목소리에는 위로가 가득 담겨 있었다.

다부지지만 위로를 건네는 듯한 이쓰키의 목소리. 차마 귀에서 수화기를 뗄 수가 없었다.

그 목소리는 금방이라도 공기 속에 녹아들 것 같은 나를 현실에 묶어 두는 가느다란 밧줄 같았다.

"아벨이랑 나, 다시 아오조라 학원에 다니기 시작했어."

"아오조라……."

나도 모르게 그 이름을 복창했다.

"그래, 시에서 운영하는 무료 학원 말야. 나, 전에 거기 다니다 관뒀거든. 그것도 가난뱅이가 받는 혜택이잖아. 주위에서 알면 또 뻔뻔하네 어쩌네, 욕할 것 같아서. 근데 있지, 얼마 전에 네가 한 말이 생각나더라. 뻔뻔한 거 아니라고, 그건 내 권리라고 했던 말."

나는 잠자코 이쓰키의 목소리를 듣고 있었다. 그렇다, 안식처에서 화재 사건이 일어나기 전에 이쓰키에게 그런 말을 했던 기억이 났다.

지금은 까마득한 옛날 일처럼 느껴지지만.

"그리고 너 이런 말도 했는데, 기억해? 제도란 건 모르면 확실히 손해를 보게 되어 있다고. 실은, 나 얼마 전에 하도 힘들어서 그냥 다 포기하려고 했어. 엄마 상태가 자꾸 나빠졌거든. 근데, 이대로 가만히 있으면 공부고 뭐고 다 집어치워야 할 것 같더라고. 정신이 번쩍 들더라, 그래서 더는 손해 보지 말자고 다짐했어."

그런 일이 있었어? 나는 놀라서 수화기를 귀에 바짝 댔다.

"그래서 지푸라기라도 잡는 심정으로 에마네 삼촌한테 알아봤어. 근데 글쎄, 병이 있거나 장애가 있는 사람에게 요양 보호사를 파견해 주는 제도가 있다지 뭐야! 당장 시청으로 달려가서 그거 신청했어. 앞으로 심사 같은 것도 받아야 하고, 진짜로 도우미를 보내 줄지 어떨지 아직은 확실히 모르겠지만."

휴우. 절로 안도의 한숨이 나왔다. 에마네 삼촌이라면 믿음이 간다. 대학에서 사회학을 가르친다니 그런 제도에 대해서도 잘 알 것이다.

제도……. 그때 읽은 《생활 보호 수첩》 속 내용이 어렴풋이 떠올랐다.

그건 빈곤으로 고통받는 사람을 돕기 위한 제도였다. 그런데 병과 장애가 있는 사람을 지원하는 제도도 있었다는 건가.

"야, 가즈마……! 너, 듣고 있는 거냐!"

이쓰키의 목소리에 퍼뜩 제정신으로 돌아왔다.

"며칠 전에는 담당 복지사가 말해 줘서 '어린이 식당'에도 갔어. 산신사라는 절에서 하는 식당인데, 우리 같은 애들한테 공짜로 저녁밥을 줘. 거기서 간호학과 대학생 언니를 만났어."

귀에 쟁쟁 울리는 이쓰키의 목소리는 전보다 한층 활기차게 느껴졌다.

눈썹을 치켜올리고 여기저기 바쁘게 찾아다니는 이쓰키의 모습이 눈앞에 그려지는 듯했다.

"그 언니네 집도 형편이 어려웠대. 그래서 그런가? 돈 들이지 않고 공부하는 방법을 많이 알고 있더라. 직장에 다니면서 간호조무사 자격증을 먼저 따 놓고 나중에 간호사가 되는 방법이 있대. 또 나중에 거기서 일하겠다고 약속하면 학비를 대 주는 병원도 있다고 하고. 그 언니는 그런 걸 꼼꼼히 알아봐 뒀는데, 지금은 장학금에 알바만 해도 그럭저럭 대학에 다닐 수 있대."

텅 빈 마음에 이쓰키의 목소리가 물처럼 흘러들어 차올랐다. 아벨에게 비례 문제를 가르칠 때처럼.

그 물이 바짝 마른 내 마음을 천천히 적셔 주었다.

"……잘됐다……."

한숨과 함께 말이 미끄러져 나왔다.

"좋은 정보 많이 얻어서 정말 다행이다."

"하지만, 지금부터야."

각오를 전하듯 굳센 목소리에 나는 잠시 숨을 멈췄다. 한동안 만나지 못한 사이에 이쓰키는 더 어른스러워진 것 같았다.

"이용할 수 있는 건 다 이용해 보기로 결심했어. 하지만 아직은 하나도 변한 게 없어. 우리 집은 여전히 수급자 가정이고, 엄마는 아무것도 못 하고, 나쓰키는 아직 손이 많이 가. 거기서부터 출발해야 하는 건 지금도 똑같지만. 하지만 해야지. 해 볼 거야. 난 터프하니까!"

한 손을 가슴에 얹은 그 모습이 저 자신에게 다짐을 들려주는 듯했다.

"가즈마, 넌 그동안 뭐 했냐?"

찌르듯 나를 올려다보는 그 눈길이 다른 때보다 훨씬 더 강렬했다.

나……? 나는…….

아무것도 한 게 없었다. 그저 사고 정지 상태로 도망쳐 있었을 뿐. 타인의 악의에 쓰러지고, 자책감으로 엎어져, 외부로부터 나 자신을 차단한 채로.

내가 그러고 있는 동안, 이쓰키는 이곳저곳을 기웃거리고 새로운 사람을 만나면서 상황을 바꾸려고 발버둥치고 있었다.

"넌 나하고 아벨한테 많은 걸 가르쳐 줬어. 복잡하고 까다로운 제도를 알아봐 주고, 그걸 알기 쉽게 설명해 줬어. 어려운 법률 용어도 술술 암기했고. 내가 말했지? 이 세상에는 너 같은 녀석이 없으면 곤란하다고!"

그 순간.

나는 그때 외웠던 법조문이 선명하게 떠올랐다.

기초 생활 수급법 제1장 제2조

　모든 국민은 이 법률이 정하는 요건을 충족하는 한. 이 법률에 의한 보호

를 차별 없이 공평하게 받을 수 있다.

아, 그때 나는 그 문장에서 아름다움을 느꼈지.

이 세상은 온갖 부조리로 가득 차 있다.

약한 자는 더 약해지고, 강한 자는 한층 더 강해진다. 게다가

서로가 속한 세계를 알려고도 하지 않는다.

하지만…….

그때 아벨이 배낭에서 뭔가를 꺼내더니 두 손으로 높이높이

들어 올렸다.

자세히 보니 공책이었다.

다다미방의 낮은 책상에 앉아 공부를 하던 시절, 아벨은 개미

같이 작은 글씨로 문제를 풀었고, 나는 거기에 동그라미를 그려

줬다.

눈시울이 뜨거워지더니 이내 따뜻한 것이 볼을 타고 주르륵

흘러내렸다.

눈곱만큼이라도, 눈곱만큼이라도 내가 너희에게 힘이 되었던

거야?

사람은 뭘 위해서 공부하는 걸까. 오랫동안 그 물음에 대한 답을 잃어버린 채 살아왔다.

하지만 아벨이 기쁜 듯, 자랑스러운 듯 치켜든 공책을 보고 나서야 깨달았다.

나는 공부하는 걸 좋아한다. 어릴 때부터 좋아했다.

카페 안식처가 불에 다 타 버린 뒤 나 자신도 재가 된 기분으로 하루하루를 지냈다. 하지만 이거 하나만은 타지 않고 여전히 내 안에 남아 있다.

알고 싶다.

언제나 파도치며 흘러가는 이 사회에 대해.

아름답지만 어딘가 부족한 듯한 법률과 제도를.

나는 줄곧 아버지가 시키는 대로 공부해 왔다. 높은 점수를 받기 위해서 그 작은 해답란에 배운 것들을 써넣어 왔다. 이제는 그런 일에 지쳤다.

하지만 만일 내가 가진 지식과 생각을 더 큰 곳을 향해 꽃피울 수 있다면?

지금을 살아가는 사람들 속에.

발버둥치면서도, 갈팡질팡 헤매면서도, 그럼에도 살아가는 사람들 속에.

"이쓰키, 아벨."

"왜."

"나는……, 생각해."

"뭘?"

"거기, 그대로 있어. 지금 바로 내려가서 다 얘기할게."

전화를 끊고 베란다에서 현관을 향해 갔다.

문을 열자 바람이 훅 들어왔다. 저녁인데도 바람은 여전히 뜨거웠다.

찾아라, 진정한 너의 안식처를.

바람이 그렇게 말하듯 덥수룩하게 자란 내 머리칼을 헝클어 놓았다.

네가 속한 세계

첫판 1쇄 펴낸날 2021년 1월 4일
4쇄 펴낸날 2022년 5월 27일

지은이 야스다 카나 **옮긴이** 고향옥
발행인 김혜경 **편집인** 김수진
주니어 본부장 박창희
편집 길유진 진원지 강정윤
디자인 전윤정 정진희 **마케팅** 최창호
경영지원국 안정숙
회계 임옥희 양여진 김주연

펴낸곳 (주)도서출판 푸른숲
출판등록 2003년 12월 17일 제2003-000032호
주소 경기도 파주시 심학산로 10, 우편번호 10881
전화 031) 955-9010 **팩스** 031) 955-9009
홈페이지 www.prunsoop.co.kr **이메일** psoopjr@prunsoop.co.kr

ⓒ 푸른숲주니어, 2021
ISBN 979-11-5675-287-5 44830
978-89-7184-419-9 (세트)